誇れる自分になりたい…

古き掟の魔法騎士

The fairy knight lives with old rules

騎士は真実のみを語る

A Knight Tells Only the Truth

その心に勇気を灯し

Their Bravery Glimmers in Their Hearts

その剣は弱きを護り

Their Swords Defend the Defenseless

その力は善を支え

Their Power Sustains Virtue

その怒りは――悪を滅ぼす

And Their Anger...Destroys Evil

古き掟の魔法騎士Ⅲ

羊 太郎

ファンタジア文庫

3132

口絵・本文イラスト　遠坂あさぎ

The fairy knight lives
with old rules

アルヴィン

キャルバニア王国の王子。王家の継承権を得るために騎士となり、斜陽の祖国を救うべくシドに師事する

シド

“伝説時代最強の騎士”と讃えられた男。現代に蘇り、落ちこぼれの集うブリーツェ学級の教官となる

イザベラ

半人半妖精族の女性。古き盟約の下、キャルバニア王家を加護し、その半人半妖精としての力を貸す『湖畔の乙女』達の長

テンコ

貴尾人と呼ばれる亜人族の少女。アルヴィンの父に拾われ、アルヴィンとは姉妹同然に育てられた

STUDENT

クリストファー

辺境の田舎町の農家の息子。自ら味方の盾になったりとタフな戦い方を得意とする

エレイン

とある名門騎士出身の、貴族の令嬢であった。剣格が最下位であるが、座学や剣技は学校の中でトップクラス

セオドール

スラム街の孤児院出身であり、インテリな外見に似合わず、結構な不良少年。実はスリが得意

リネット

とある貧乏没落貴族の長女。動物に愛されるタイプであり、乗馬にかけては、ブリーツェ学級随一

KEY WORD

妖精剣

古の盟約によりて、人の良き隣人（グッド・フェロー）たる妖精達が剣へと化身した存在。騎士はこの妖精剣を手にすることによって、身体能力の強化や自己治癒能力の向上、様々な魔法の力を行使することができる。

ブリーツェ学級

キャルバニア王立妖精騎士学校に存在する、騎士学級の一つ。

自由・良心を尊び、自分自身の信じる正義と信念を重視する。

生徒傾向は、新設されたばかりの学級で、何ともいえないが、あえて言えば個性豊か。《野蛮人》シド＝ブリーツェの名前を冠する。

キャルバニア城と妖精界

王国建国時に、湖畔の乙女達や、巨人族の職人達が力を合わせて建造したとされる。

人や動物といった物質的な生命が生きる《物質界》と、妖精や妖魔といった概念的な生命が生きる《妖精界》という二つの世界が存在し、キャルバニア城は、その狭間に位置する。

第一章　新たなる陰謀

「降伏せよ！　あなた達の悪逆非道は最早、許し難し！」

少年の声が、とある地方村の広場に凛と響き渡った。

キャルバニア王立妖精騎士学校の従騎士礼装に身を包んだ少年だ。

綿毛のように柔らかな金髪。青玉色の瞳。

少女と見まがうほどに美しく整った顔立ちは線が細く、その身体つきも小柄で華奢。

だが、涼やかな覇気溢れるその様に、頼りなさは微塵もない。

その少年は煌びやかな装飾の細剣を抜き、その剣先を威風堂々、眼前のならず者達へと突きつけていた。

「それでも余は寛大である！　降伏に応じた者は、キャルバニア王国次期王、アルヴィン＝ノル＝キャルバニアの名において、罪を一等減じよう！　いかに!?」

そんな降伏勧告を一方的に突きつけられた、ならず者達——ゲイル山賊団の面々は、顔を真っ赤にしていきり立ち始めた。

「ガキが、ナメやがって……ッ！」

「ぶっ殺してやる！」

山賊達は、斧に剣、槍に弓矢……各々武器を構える。

それらは、ただの武器ではない。

ゆえに、少年の降伏勧告に応じる者は誰もいない——


——と、そんな広場の様子を。

「さて。お手並み拝見させてもらおうか、我が主君」

黒髪黒瞳の青年騎士——シドが眺めている。

広場から離れた場所、とある風車小屋の屋根の上。

しゃり。

寝そべりながら、行儀悪くリンゴをかじるシドの横顔は、どこか楽しげであった。


————。

キャルバニア王国、南西に存在するアロール地方。

レモ山間と深き森林に囲まれた地方村ノアレ。

土地柄上、決して暮らしやすいとはいえないが、先王が国策で開墾した広い畑と、近隣の森の幸の恩恵で、食べるには困らないはずだった村。

そんな村に、ゲイル山賊団は、いつものように襲いかかった。

ゲイル山賊団は、レモ山間に根城を構える、数十名規模からなる山賊団だ。

アロールに存在する各村を片端から襲っては、略奪と人攫いを繰り返す外道の集団。

傭兵崩れ、没落騎士、札付きの犯罪者で構成されており、最近ではさる筋から援助を受け、特殊な武装を得るにまで至った。

最早、村の自警団では到底対処できない戦力を持つ、悪夢のような存在。

我が物顔でアロールを蹂躙し続けていたゲイル山賊団だが、今日はいつもと違う事態に直面していた。

なんと、そこには彼らを迎え討たんとする者達──キャルバニア王立妖精騎士学校ブリーツェ学級の存在があったのだ。

──。

「ど、どうしますかい？　お頭ぁ。騎士どもが出てきましたぜ？」

山賊達の一人――神経質そうな男が、自分達の頭へ視線を投げる。

「……ふん」

すると、山賊達の頭――いかにも野卑な髭面(ひげづら)の大男ゲイルは、腹立たしげに周囲を見渡し、鼻を鳴らす。

今、自分達は村の中央広場にまんまと誘い込まれ、騎士達に囲まれている。

その小癪(こしゃく)な騎士達の顔を、一人一人見回していく。

どいつもこいつも若い。

細剣(レイピア)を構えた、まるで女みたいに綺麗(きれい)な顔の少年。

鞘(さや)に収めた刀を低く半身に構える、貴尾人(きびひと)の少女。

大剣(クレイモア)を担(かつ)いだ、田舎者っぽい少年。

片手半剣(バスタード・ソード)を気取ったように構える、どこぞの令嬢っぽい少女。

槍に取り縋(すが)るように立ち竦(すく)む、やたらビクビクしている少女。

小剣(ショート・ソード)を手に下げた、スカした眼鏡の少年。

「へっ、なんてこたぁねぇ。どいつもこいつもガキ、しかもたった六人」

ゲイルは唾を吐いて、言い捨てた。

「こいつらは叙勲を受けた正騎士じゃねえ。ただの従騎士だ」

「つまり……？」

「俺達の敵じゃねえってことだ」

ゲイルが己の武装――黒く禍々しい斧を肩に担ぎ、ニヤリと笑う。

「それに、見ろよ。女どもはどいつもこいつも上玉……ありゃあ高く売れるぜ」

「へへっ……その前に、オイラ達も色々愉しめそうですしねぇ？」

下劣に笑い合い、ゲイルは周囲の子分達へ大声で命令を下した。

「行くぜ、野郎共！　世間知らずのガキ共に、目に物見せてやれッ！」

「「「ぉおおおおおおおおお――ッ！」」」

子分達が喊声を上げて、自分達を囲む騎士の卵達へ、一斉に突進していく。

彼らの獣じみた動きは、明らかに人の身体能力を大きく凌駕していた。

それもそのはず、彼らがその手に持つ武器は――闇の妖精剣なのだ。

その剣格の低さゆえに、精神汚染の強度はさほどではないが、元より品性が下劣な人間が振るえば、大差はない。

「妖精剣持ちでも、しょせんガキだ！　いつものように囲んで叩きゃ余裕だッ！」

そして、彼らは素人集団ではない。戦闘慣れしたプロ集団だ。

長らく戦を経験せず、平和ボケした現代の騎士達とは経験値が圧倒的に違う。

事実、今まで彼らは妖精剣持ちの騎士を、何人も倒してきている。

ましてや、今日の相手はただの叙勲前の子供。まるで恐るるに足らない。

勝利を確信した者特有の、怒濤（どとう）の勢いと迫力。

加えて、外道に堕（お）ちきった者特有の、血腥（ちなまぐさ）い悪意と殺意。

それらが津波のようになって、従騎士（スクワイア）の少年少女達に迫って来る。

「……ッ！」

生死を分かつ戦場で初めて目（ま）の当たりにした人の暗黒面に、少年少女達は一瞬、気圧（けお）されたように身を硬くして――

コォ――

特殊な律動（リズム）の呼吸音が六つ、山賊達の耳に微（かす）かに届いた――その刹那。

「はぁ――ッ！」

「いいいいやぁあああああああ――ッ！」

どっ！

「ぐわぁああああ⁉」

「ぎゃあーっ⁉」

衝撃音と共に、先陣をきった山賊達が数名、空を舞っていた。

「な、何ぃ⁉」

その光景に目を剝くゲイル。

格下と侮っていたガキ達が、各々の武器を一閃、襲いかかる山賊達を木の葉のように吹き飛ばしていたのだ。

「皆、行くよ！　民を脅かす、ならず者どもを一人も逃がすな！」

辺りに凛と良く通る号令と共に、女と見まがう少年が突っ込んでくる。

「はいっ！　アルヴィン！」

逆方向から貴尾人の少女も突っ込んでくる。

「き、来たぞ⁉」

「囲め！　囲め！」

たちまち、山賊達がそんな二人を俊敏に取り囲んでいく。

出鼻はくじかれたものの、その手際(てぎわ)や動きは、とても山賊とは思えないほど統率が取れており、洗練されている。

いくら妖精剣持ちの騎士と言えど、目は前にしかついていない。

正面から圧をかけて気を引いている隙に、横から、背後から襲いかかれば、騎士と言えど案外、脆(もろ)いものだ。

今回もそのセオリーに従い、女と見まがう少年を、二人の山賊が正面から牽制(けんせい)。

その隙に、他の山賊達が左右から、背後から武器を振るう。

闇の妖精剣で強化されたその身体能力による連携は、最早、脅威以外の何物でもない。

だが――

「ふ――ッ！」

まるで前後左右に目でもついているかのように。

その女と見まがう少年――アルヴィンは、細剣(レイピア)を振るって山賊達の攻撃に対応する。

時間差で襲い来る左右からの剣撃を細剣(レイピア)で受け流し、受け止め。

背後から迫り来る斧の一撃を、身を捻(ひね)って弾(はじ)き返す。

武器と武器が噛(か)み合う度、上がる金属音。明滅する火花。

アルヴィンのその様は、まるで疾(と)く、軽やかに踊っているかのようで――

「──追い風立たせよ（テイウィード）！」

舞の最中、アルヴィンが古妖精語（エスピリッシュ）で叫び、妖精魔法を発動。

巻き起こる風と共に、アルヴィンの動きがさらに加速。

嵐のように振るわれる山賊達の攻撃、その隙間を縫うように、細剣（レイピア）が通る。

その切っ先が、前後左右の山賊達の腕を、腹を、足を、鋭く貫く。

「ひぎぃっ⁉」

「うぎゃあっ⁉」

一人、また一人と倒れていく山賊達。

少年は疾風（はやて）のごとき足捌（さば）きと剣捌きで、山賊達を次々突き倒していく──

「いいいいやぁああああああああ──ッ！」

一方、貴尾人の少女──テンコの方も、似たような状況だ。

やはり、全方位に目でもついているかのような動きで、山賊達に対応する。

そして──テンコが抜刀一閃。

「燃えよ剣（バーンニッグ）ッ！」

鞘を滑り、腰の回転で爆発的に加速旋転する斬撃。

その軌跡が紅蓮（ぐれん）に燃え上がり、テンコを囲む山賊達の武器を瞬時に砕き散らす。

「な……」

「……今、何が……?」

あまりにも脅威的な速度と威力の一撃。

舞い散る火の粉が渦巻く中、呆然とする山賊達へ。

「せやぁッ!」

テンコが旋風のように切り返す刀が容赦なく襲った。

瞬時に三人の山賊達が斬り捨てられ、さらに次の瞬間、二人が斬り伏せられる。

「な、なんだこいつら……ッ!?」

「つ、強え……ッ!?」

「しかも、視野の広さが尋常じゃねえ……ッ!」

恐れおののくしかない山賊達。

「普段、シド卿を相手にしているからねっ!」

「ええ! 師匠はもの凄い速度で全方位から攻撃してきますからっ!」

とんっ!

戦いの流れの中で、アルヴィンとテンコが合流し、背中合わせになる。

そして、浮き足だった山賊達へ、二人でさらに連携して斬りかかっていく。

バタバタと、カカシのように斬り伏せられていく山賊達。

脅威的なのは、そんなアルヴィンとテンコ達だけではない。

「くぅ――ッ⁉」

「ガキが調子に乗ってんじゃねぇ……ッ！」

令嬢っぽい少女――エレインと、山賊の一人が剣と剣で鍔迫（つばぜ）り合いをしている。

その体格差のためか、エレインは身体（からだ）を弓なりに仰（の）け反らせ、剣を完全に押さえ込まれてしまっている。

「バカが！　しょせん、女ッ！　懐（ふところ）に入ればこっちのもんだぜ……ッ！」

「今だッ！　やれッ！　後で萎えるから顔は傷つけんなよッ⁉」

「おうよっ！」

そんなエレインに群がるように、左右背後から山賊達が襲いかかる。

美しい女を一方的にいたぶれる好機……そんな下劣な愉悦をその顔に貼り付けて。

しかし――

「――なぁんて？　**流れて斬り裂け**（フローアンスラー）」

エレインがウィンクしながら悪戯（いたずら）っぽく古妖精語（エスピリッシュ）でそう呟（つぶや）いた、その瞬間。

ひゅぱっ！

不意に、エレインの片手半剣(バスタード・ソード)の刀身から水が溢(あふ)れ——その水が鋭い刃(やいば)となって伸び、周囲を鞭(むち)のように高速旋回した。

「ぐわぁッ⁉」

「ギアアアアアアア——ッ⁉」

青の妖精魔法【水竜剣】。

予備動作なし、剣の振りなしで繰り出す水の高速斬撃。

それに全身をズタズタに斬り裂かれた山賊達が、血華を上げて倒れ伏していく。

「ごめんあそばせ。その距離、実は得意ですの」

ぴっ！　剣に滴(したた)る水を振り払い、エレインが得意げに言った。

「優雅で変幻自在な戦い方をさせれば負けませんわ。もっとも、ここまでやっても、ちっとも捉えきれない御方が一人いるのですが」

エレインが、さらに優雅に剣を振るう。

刀身から伸長する水の刃が変幻自在にしなり、背を見せて逃げ惑う山賊達を次々と斬り伏せていく——

「おらぁあああああ——ッ！」

「死ね、クソガキゃあああああ——ッ！」

山賊達が四方八方から振り下ろした武器が、その少年を完全に捉えていた。

斧が少年の頭を、剣が少年の腹を、槍が少年の背中に喰らい付く。

その少年だけは、他の連中と比べてイマイチ動きが素人臭かったのだ。

取り囲んで一斉に叩けば、対応できない——山賊達の狙いは的中した。

的中はしたのだが。

「痛ってえな、この野郎……ッ！」

「な、何ぃ⁉」

その少年——クリストファーは、自分に武器を叩き付けた山賊達を睨み付ける。

曲がりなりにも山賊達が手に持つ剣や斧は、闇の妖精剣。通常の武器とは比較にならないほどの威力を持っている。

なのに——この少年には微塵も通っていないのだ。

見れば、少年の身体の武器が命中した部分が、石板に覆われている。

「ま、教官のクソ重てぇ攻撃に比べたら、蚊に刺されたようなもんだけどな！」

ニヤリと笑って、クリストファーが叫ぶ。

「金剛の力を我に与えよ！」

緑の妖精魔法【金剛力】発動。

クリストファーの両腕に、大地の力が漲って、腕力が超強化され――

「おおおおおぉぁあああああああああ――ッ！」

そのまま大剣をぐるんと振り回し、振り抜き――衝撃音。

「「「グワァアアアアアアアアア――ッ!?」」」

悉く破壊される山賊達の武器。

まるで思いっきり蹴っ飛ばされたボールのように、山賊達がお空へと吹き飛ばされていくのであった――

「だ、ダメだ！　こいつら、只のガキじゃねえッ！」

「近付くな！　矢だ！　矢を射かけろッ！」

アルヴィン達の猛攻に、完全に浮き足立った山賊達が戦法を変える。

弓型の妖精剣持ちの山賊達が、次々と矢を射かける。

放たれた矢は、脅威的な弾速と精度をもって、山賊達と立ち回るアルヴィン達へ雨霰と襲いかかるが――

ごおっ！

突如、巻き起こった炎の嵐が、その無数の矢弾を悉く焼き払った。

「……フン。思ったとおり小賢（こざか）しいな」

見れば、後方で眼鏡の少年――セオドールが小剣（ショート・ソード）を構えている。

その小剣（ショート・ソード）の切っ先からは、炎が立ち上っていた。

「ちぃ、うぜぇ！　アイツ、火力魔法型の剣持ちだッ！」

「問題ねぇ！　一撃もらう覚悟で突っ込んで、接近戦に持ち込め！」

「あの剣の短さだ！　白兵にさえ持ち込みゃ勝てる！」

さすが、戦い慣れしている山賊達は、判断が良かった。

的を絞らせないよう分散し――セオドールへ駆け寄っていく。

これでは、半端（はんぱ）な火力では対処できない。

元々、妖精剣持ちは、剣の加護によって魔法防御力が高いのだ。一人か二人倒せても、何人かの山賊がセオドールの元に辿（たど）り着いてしまう――

「――半端な火力ならな」

セオドールは自分に迫り来る山賊達を冷たい目で流し見ながら、眼鏡を押し上げる。

そして、唱えた。

「炎にて葬送せよ（クリメーテウィフライ）」

その瞬間、セオドールが突き出す剣の切っ先に、圧倒的熱量が漲る。

火の玉が生まれ、その周囲が赤く輝き——射出。

火の玉は弧を描いて高速飛翔（ひしょう）し、山賊達の群れのド真ん中に着弾。

大爆発。上がる火柱。

周囲に凄（すさ）まじい爆圧と火炎をまき散らし、山賊達を四方八方へ吹き飛ばす。

「ぎゃあああああああ——ッ⁉」

「あ、あ、熱いぃいいい——ッ⁉　ひぃいいいいいい——ッ⁉」

火達磨（ひだるま）になって転げ回る山賊達。

「あ、あぁ……」

「なんて火力だ……」

赤の妖精魔法【火葬球】。半端じゃない火力を目の当（ま）たりにしてしまった山賊達に、最早（もはや）、セオドールへ近付こうとする気概のある者は誰一人いなかった。

「……これでいいんだろ？」

セオドールは嘆息しながら、今、自分達の戦いを遠くから呑気に見守っているだろう教官へとぼやく。

そして、さらなる炎をその刀身より生み出し、山賊達を攻め立てるのであった。

「きゃあああああ――っ⁉　嫌ぁ、やめてぇえええええ――っ⁉」

戦場に、少女の絹を裂くような悲鳴と泣き声が響き渡る。

「お願い、許してぇええええっ⁉　命だけは助けてぇえええええええ⁉」

人の闇と残酷さが露わになる戦場で、そんな命乞いが通った例など古今東西ない。

ゆえに、その恐怖と絶望に染まった声を聞く者は想像するだろう……その声の主の、哀れで悲惨な末路を。

だが、その声の主、泣きじゃくりながら槍を振り回す少女、リネット。

彼女の周囲の山賊達は、絶望の表情と声でこう呻いていた。

「むしろ、俺達の方が助けて……」

見れば、彼らの有様は三者三様だった。

「のへっ、ひへっ、うひひ、あひゃひゃ……」

ある者は、頭にキノコを生やして、完全にトリップしており……

「ま、マジで動けねえ……指の一本も……」

ある者は、全身に麻痺の毒薔薇が刺さっていて、ぐったりしている。

「ふごーっ⁉　ふごぉおおお――ッ⁉」

またある者は、全身を大量の木の葉で覆われ、球状になって転がっていて……

「いやぁあああ――ッ⁉　下ろしてぇええええ――ッ⁉」

またある者は、全身を蔦で亀甲縛りにされて、逆さに吊されており……

「ｚｚｚ……」

眠り花に囲まれ、その香気で眠っている者は、この中では幸福の極みと言えた。

全て、リネットの妖精魔法だ。

当初から及び腰だったリネットは、山賊達も一番制しやすい相手と判断していた。

だが、いざ戦いが始まればこの有様。

リネットがキャーキャー泣き叫びながら槍を振り回せば、大惨事である。

むしろ、何をやるか読めない分、従騎士達の中で一番厄介な相手と言えた。

「お、お前の妖精剣、どんだけの植物を操りゃ気が済むんだ⁉」

「ひぃいいいい⁉　来ないで、やめて、近寄らないでぇえええええ⁉」

リネットが槍を振り回す。

その穂先から生えた茨の鞭が、手足を蔦で縛られて転がる哀れな山賊を打ち据えた。

「あ、痛ぁあああああ――ッ⁉」

「お願いしますッ！　助けてください！　命だけは助けてくださいぃいいいっ！」

ピシーンッ！　パシーンッ！

リネットが命乞いしながら振るう茨の鞭は、動けない山賊を何度も何度も打ち据える。

「や、やめてぇえええ！　何かに目覚めちゃううううううう――ッ⁉」

辺りに、苦痛以外の何かが入り混じり始めた山賊の悲鳴が響き渡るのであった。


――。


「クソッ！　どいつもこいつも化け物じゃねーか⁉」

「アレが従騎士（スクワイア）だって⁉　嘘（うそ）だろ⁉」

「キャルバニアの騎士は弱兵で有名だったはずなのによ……ッ！」

そこは、村外れ。

早々に自分達の劣勢を察した三人の山賊達が、上手（うま）く隙を突いて、ここまで離脱してきたのである。

「やってられるかよ！」

「ああ！　ここは逃げて――……」

だが、やっとの思いで村を出ようとした彼らを待ち構えるように。

「よ」

一人の青年が、リンゴをかじりながら立っていた。

「な、なんだ……てめぇは……ッ⁉」

「悪いな、行き止まりだ。戻ってくれ」

青年――シドがボリボリとリンゴの芯をかみ砕き、呑み込む。

「罪なき民から略奪し、女を攫って売りさばくような外道共は、今日で終わりだ」

そして、首をポキポキ鳴らしながら、山賊達に向き直った。

「ま、年貢の納め時ってことさ。精々、俺の教え子達の肥やしになってくれ」

「うるせえ！　ふざけやがって！」

「そこを退きやがれぇええええ！」

いきり立った山賊三人が、武器を振り上げ、シドへと襲いかかる。

しかし、山賊達の目の前で、シドの姿はまるで霞のように消えて。

ビシ！　ベシ！　バシ！

残像と共に放たれる神速のデコピン三閃。

「「「ぎゃあああああああああああ――ッ⁉」」」

山賊達は吹き飛ばされ、縦回転で今来た道を逆戻りしていき――

どぼんっ！

肥溜めの中に仲良く落ちていた。

「……いや、肥やしになってくれって、そういう意味じゃないんだが」

まいったな……と。

シドはなんとも微妙な表情で、ポリポリ頬をかくのであった。

――――。

「皆、どう⁉」

「こっちは片付きました！」

「ええ、わたくしの方も問題ありませんわ！」

戦いの趨勢は、とっくに決していた。

村の広場の中央で合流したアルヴィン達。

その周囲には、山賊達が折り重なるように倒れている。

数十名近く居た山賊達は、総崩れだ。

アルヴィン達で一人当たり十人ほど倒した計算である。

「ううううう……こ、怖かったですぅ……」

リネットが、おっかなびっくり周囲を見渡しながら言った。

「だが、俺達の勝ちだな！」

「ええ！　相手が闇の妖精剣持ちでも、わたくし達は負けていません！」

額の汗を拭いながら、クリストファーやエレインが口々に言う。

だが、そんな彼らを、アルヴィンが戒める。

「まだだよ。この山賊団の頭目、ゲイルが見当たらない。彼を倒さない限り、この戦いは終わりじゃない」

「でも、一体、どこに？　まさか、もう逃げて……？」

油断なく身構えるテンコが、周囲を見回そうとした……その時だった。

「てめぇら……よくもまぁ、やってくれたなぁ？」

「ひいっ⁉　ぐぅ！」

野太い男の声と、苦しげな少女の悲鳴が、一同の耳に飛び込んで来る。

アルヴィン達が、声の方向を振り返れば。

「なっ⁉」

そこには、山賊団の頭目ゲイルと。

ゲイルの丸太のような腕で首を摑まれて、宙に吊られている村娘の姿があった。

「へへへへ……」

ゲイルは、動きを封じたその村娘の首筋に斧の刃を当てている。

アルヴィン達より少し歳下のその村娘の名前は、ユノ。

アルヴィン達が山賊討伐でこの村に逗留する際、世話役を務めてくれた少女だ。

どうやら人質ということらしい。

戦いを始める際、村人達は全員、安全な場所に避難させたはずだったのだが……

「げほっ……ご、ごめんなさい、王子様……わ、私……王子様達の活躍を、どうしても一目見たくて……」

「ぐぁっははは！　まったくラッキーだったぜぇ⁉　おら、こいつの命が惜しくば、その物騒な武器を捨てなッ！」

真っ青になっている少女。大笑いするゲイル。

ゲイルとて黒の妖精剣持ち。並の人間を凌駕（りょうが）する力を持っている。

アルヴィン達が攻撃をしかけるより、ユノの首がへし折られるほうが余程早い。

「あ、アルヴィン……」

テンコが不安げにアルヴィンの横顔を見上げると。

「…………」

からんっ！

アルヴィンはゲイルを鋭く見据えたまま、ゲイルに向けていた妖精剣を地へ落とす。

「……わかりました」

「くそ……ッ！」

すると、アルヴィンの意志を汲（く）んだテンコ以下ブリーツェ学級（クラス）の生徒達は、皆、それに従って、自分の妖精剣を放棄した。

「そ、そんなっ！　王子様っ⁉」

「へへへ……聞き分けのいいガキは嫌いじゃねえぜ？」

ユノが表情を絶望に染め、ゲイルがニヤリと嫌らしく笑う。

「おら！　そこの女みてえなツラしたガキは前に出やがれ！　その他の有象無象はとっと

と下がれや！　もっとだ！」

「……くっ！」

仕方なく、テンコ達はアルヴィンを残し、じりじりと下がっていく。

逆にアルヴィンはゆっくりとゲイルに歩み寄っていく。

その場に放棄した妖精剣から遠ざかっていく。

「あ、あぁ……騎士様達……」

「へへへ、それでいい……お前ら騎士は妖精剣がねーと、何もできねーからなぁ？」

そして、ゲイルもユノを人質に取りながら、アルヴィンへ近付いていった。

「そういえば、てめぇ、〝ノル＝キャルバニア〟を名乗ったなぁ？　つーことは、マジでこの国の王子様か？　あのにっくき先代騎士王のガキか？」

「ああ、そうだ」

「ちっ……三大公爵家の尻に敷かれる弱小王家の分際で……まぁいい」

片腕でユノを吊り下げたまま、ゲイルはアルヴィンへ斧を向ける。

「よくも俺の団を壊滅させてくれたなぁ？　だが、無駄だぜぇ？　俺のバックには、スゲえ御方がいるんだからなぁ？」

「…………」

「今日のところはおさらばして、すぐに団を再結成してえところだが……やっぱ舐められっぱなしってのは気にくわねえ。お前だけはぶっ殺してやるぜ、王子様よぉ？」

「そ、そん……な……ッ⁉」

ゲイルのそんな台詞に、ユノが悲痛に顔を歪めて叫んだ。

「だ、ダメです、王子様ッ！ 私なんかのために、貴方のような御方が……ッ！ た、戦って……ください っ！ 私なんかに構わ――」

「うるせぇ！ 黙れ！ 速攻でくびるぞ、メスガキ⁉」

「――ひゅぐ⁉ ぅぐううう――ッ⁉」

ユノを黙らせるように、ゲイルはユノの首を掴む腕に万力のような力を込める。

ユノの首が絞まり、みるみるうちにユノの顔色がドス黒くなっていく。

ユノの首の骨はミシミシと軋み、今にも折れそうだ。

「やめろ！ 君が所望するのは、僕の命だろう⁉」

「っと、そうだったなぁ？ うっかり殺したら人質の意味がなくなるしなぁ？」

「ゲホッゴホゲホッ⁉ ぁ……うぁ……おう……じ……さま……」

最早、完全に抵抗する力を失ったユノがぐったりとしている。

ゲイルは脅威的な膂力でユノを盾のように構えながら間合いを詰め、無手で棒立ちするアルヴィンを自身の斧の間合いに捉えた。

「へへへ、動くなよぉ？　少しでも動いたら、このガキの首へし折るからよぉ？」

「だ、ダメ……王子様……王子様ぁ……逃げて……」

ユノは縋るような目をアルヴィンへ向けるが。

「…………」

アルヴィンは動かない。

静かに目を閉じ、下げた右手を握ったり開いたりしながら、奇妙な律動で深呼吸を繰り返すだけだ。

そして――

「へっ！　観念したか！　いいぜぇ!?　てめぇの首で、この斧の飾りを作ってやらぁあああああああ――ッ！」

――ゲイルがアルヴィンを見定め、斧を振り上げる。

と、その時。

「ゲイル。一つだけ、君に教えよう」

アルヴィンがボソリと呟いて。

「死ねぇえええええええええええええええ――ッ!?」

当然、聞かず、ゲイルが旋風のように斧を薙ぎ払った。

その斧の刃の軌道上には、当然、アルヴィンの細首がある。

「い、嫌ぁ――ッ！　王子様ぁああああ――ッ⁉」

上がるユノの悲鳴。

次の瞬間、派手な血華を上げて、空中を舞うアルヴィンの首――そんな光景を、ゲイルが夢想していると。

バキインッ！

響き渡るは、何かが砕け散る金属音。

なんと空を舞ったのはアルヴィンの首――ではなく、ゲイルの折れ砕けた斧の刃だ。

「な、何ぃ――ッ⁉」

「……え？」

アルヴィンの細首を打った斧の方が割れ砕ける……その信じがたい光景に、硬直するゲイル。呆けるユノ。

そして、そんな彼らの前で、アルヴィンが、カッと目を開いて――

「騎士の――〝その怒りは悪を滅ぼす〟んだ」

一歩鋭く踏み込み、弾かれた発条のように右手の手刀を振るった。

ズパッ！

その手刀は、ユノを摑むゲイルの腕の腱を瞬時に、完全に切断する。

「きゃあっ⁉」

血風と共に、ゲイルから解放されて地面に放り出されるユノ。

「ぐわぁっ⁉　て、てめぇ⁉」

痛みで我に返ったゲイルが、激憤で顔を真っ赤に染めて、壊れかけの斧をアルヴィンへ向かって再び振り上げ――

「アルヴィンッ！」

その刹那、テンコが跳び転がって、アルヴィンの妖精剣を拾い上げる。

そして、跳躍。空中でアルヴィンの背中へ向かって、その妖精剣を投擲。

「ふ――ッ！」

わかっていたとばかりにアルヴィンが回転し、飛来する妖精剣を摑み取り――

「はぁああああああ――ッ！」

「うおおおおお――ッ！」

その回転の勢いを利用して刺突を放つアルヴィン。

構わず斧を振り下ろすゲイル。

その刹那の攻防の軍配は――

「ぐはっ……ッ！」

「………」

――アルヴィンに上がっていた。

ゲイルの振り下ろした斧は、半身になったアルヴィンに外されて。

アルヴィンの刺突は、ゲイルの喉を完全に貫通していたのであった。

「そ、そんな……ば、がっ、なぁ……ッ！　……ぐぼ」

白目を剝いて、どう、と倒れ伏すゲイル。

ゲイルの死を確認し、アルヴィンは血を払って、剣を鞘に収める。

そして、尻餅をついて呆けるユノへと手を差し出した。

「怪我はないかい？」

「お、王子様……」

「怖い目に遭わせてごめんね。君が無事で本当によかった」

にこりと。優しく朗らかに微笑むアルヴィンに。

「……ぁ……ありがとう……ありがとうございます……王子様……」

ユノはたちまち顔を真っ赤にして目を潤ませ、吸い寄せられるようにアルヴィンの顔を見つめ始め……

「よっしゃあ！　やったぜ、アルヴィン！」

「まったく、ヒヤヒヤさせないで欲しいですわ！」

仲間達が歓声を上げながら、アルヴィンの元へと駆け寄ってくるのであった。

「まったくもうッ！　本当ですよ！　無茶するんですからっ！」

テンコが顔を憤慨で真っ赤にして、アルヴィンへ、ふかーっ！　と詰め寄る。

「低剣格とはいえ、相手は黒の妖精剣だったんですよっ⁉　貴方のウィルが少しでも負けてたら、今頃どうなっていたか……ッ！」

「あ、あはは……心配かけてごめんね」

「大体、なんですか、アレ⁉　あの手刀！　師匠の真似ですか⁉　あんな規格外の人のやること、真似しちゃダメでしょ⁉　ばかばか、もうもうもうっ！」

ポカンとするユノの前で、大騒ぎを始めるブリーツェ学級の面々。

そして、そんな生徒達の姿を――

「やれやれ、だ」

――遠く離れた場所に立つ木の枝の上。

そこで胡座(あぐら)をかいて見物していたシドが、苦笑いでぼやいていた。

気付けば。

いつの間にか、一本の稲妻の線が、その木を伝って広場へ向かって走っており……倒れ伏すゲイルの足下まで伸びている。

シドがぱちんと指を鳴らすと、稲妻の線は跡形もなく消えた。

「相変わらず、見ていて危なっかしいやつだ。しかし、まぁ……」

嘆息しながらも、シドはどこか誇らしげに、自分の教え子達の顔を一人一人流し見ていく。

アルヴィン。テンコ。エレイン。クリストファー。セオドール。リネット。

そして、感慨深げにこんなことを呟くのであった。

「……ちゃんと成長してるじゃないか」

そして――

――――。

戦いの事後処理が、村で始まった。

アルヴィンは王都から随行させた兵士達へ、テキパキと命令を下していく。

「え、えーと……指示はこんなものでしょうか？　シド卿（きょう）」

「そうだな。なかなか堂に入ってたぞ」

アルヴィンの問いかけに、シドが穏やかに頷（うなず）いた。

「お前も、上に立つ者としての立ち居振る舞いがわかってきたようだ。偉いぞ」

「そ、そうですか⁉　えへへ」

「そこで褒められた子犬のように喜ぶあたり、まだまだだが」

「あぅ……」

たちまち意気消沈するアルヴィンを尻目に。

兵士達は、アルヴィン達が倒した山賊団の生き残りを拘束し、死んだ者を運び出している。

一方、テンコは代将としてブリーツェ学級（クラス）の従騎士（スクワイア）達と兵士達を率い、山賊団の根城をガサ入れし、攫（さら）われた周辺村の娘達の解放や略奪品の回収に動いている。

と、そんな作業中の最中。

「王子様。シド卿」

古き盟約により、王家に仕える半人半妖精の娘——イザベラがやって来る。

「よう、イザベラ。どうだった？」

「やはり、あの山賊団の背後にも、オープス暗黒教団がいました」

イザベラが痛ましそうに首を振った。

「さきほど、生き残りの団員に魔法で口を割らせました。間違いありません」

「ま、当然か。これ見よがしに黒の妖精剣を振るっていたもんな」

「はい。最近、王国に仇為す小規模犯罪勢力の間に流れている黒の妖精剣……オープス暗黒教団が、裏で本格的に動いていたのは確かなようです」

「まぁ、威霊位といえど黒の妖精剣の力は、この時代の騎士にとっては脅威だ。王国の力を削ぐならば、この黒の妖精剣のバラ撒きは、わりと効果的だろうな」

「ええ。それに、三大公爵家はこれを機とばかりに兵を出し渋り、犯罪勢力の脅威に晒されている地方の現地民に、法外な特別警備税を強制徴収しようとする始末……本当にシド卿のブリーツェ学級がいなかったらと思うと、ぞっとします」

イザベラが、ふぅと息を吐く。

「考えましたね、シド卿。まさか、キャルバニア王立妖精騎士学校の月次課題として、ブリーツェ学級（クラス）を〝山賊退治〟に従事させるなんて」

「アルヴィンは王位継承前の王子。三大公爵家の助言・承認なしには、自ら兵を動かす大規模な軍事行動は取れない身だ。

だが、学校の課題（クエスト）としてなら、堂々と動かすことができる……教官である俺と、これまで俺が鍛え上げてやった騎士の卵達をな」

シドがニヤリと笑う。

「今さら、三下の黒の妖精剣使いに負けるアルヴィン達じゃない。三大公爵家が国を守らないならば、王族たるアルヴィン自ら先頭に立って守ればいい。

国を守れて、実戦経験も積め、王家の権威も高まる……一石三鳥だ」

「お陰でこの度、国内を暴れ回っていた、主な小規模犯罪勢力は粗方潰せました。

これから、私は諸処の処理に動きます。

国内治安維持は本来、三大公爵家の各色妖精騎士団の役目。今回、見事に面子（メンツ）を潰された形の三大公爵家が色々文句を言ってくるでしょうが、古き盟約によりて王家を守護する《湖畔の乙女》の長（おさ）として、口出しさせません」

「ふっ、頼もしいぜ、イザベラ」

「シド卿はアルヴィン王子達をよろしく頼みます」

「ああ、任せろ」

そんなやり取りをして。

イザベラが踵（きびす）を返し、その場を去って行くのであった。

「どうした？　浮かない顔だな？」

イザベラが去った後、シドがふとアルヴィンの横顔を流し見ながら言った。

すると、アルヴィンが己の右手に目を落としながら呟（つぶや）く。

「すみません。人を斬っ……いえ、殺した感触が、まだ手に残っていて……」

今回の遠征課題（クエスト）で、アルヴィン達は国内各地を転戦し、オープス暗黒教団の息がかかった山賊団や夜盗団などの各小規模犯罪組織を片端から潰して回った。

だが、妖魔ではなく人間を相手するのは初めての経験だったのだ。

そういう意味で、今回の遠征課題（クエスト）はアルヴィン達の初の実戦――初陣（ういじん）と言える。

そして、シドによく鍛えられた生徒達は、さしたる労苦や損失もなく、それを無事に終えることができた。

だが――それは、やはり守られた安寧の中で過ごしていたアルヴィン達にとって、あまりにも重たいことであった。

今まで純粋な憧れの対象だった騎士という存在が、背負うべきもの。

その当然の現実を、今回、否応なく突きつけられたのである。

それは恐らく、アルヴィンだけでなく、他の生徒達も同じ思いだったことだろう。

「今回の件で、もう何人も斬ったというのに……まだ手の震えが止まらなくて……」

細かく震える右手を、神妙な顔で見つめているアルヴィン。

「何か取り返しのつかないことをしてしまったような……こんなこと思うなんて、騎士として恥ずべきことかもしれませんが……」

すると、シドが淡く微笑み、ポンとアルヴィンの頭に手を乗せた。

「何を恥ずべきことがあるか。それが人として当たり前の感覚だ。それを忘れたら騎士じゃない。ただの悪鬼だ」

「悪鬼……？」

見上げて来るアルヴィンに、シドがこくりと頷く。

「お前達は騎士。ゆえに、それに慣れるのは構わない。だが、忘れるな。

人が人を斬るという行為がいかなる意味を持つのか、常に考え続けるんだ。

たとえ、相手が悪党だろうが、その未来と可能性を奪うことに変わりない。

ならば、騎士は何のために剣を振るうのか？　その問いと葛藤に向き合い続けることこそが、騎士の戦いだ」

「は、はい……っ！」

「それに……幸いなことにな」

シドがニヤリと笑う。

「今回のお前の戦いには、きちんと意味があったようだぞ？」

「……え？」

アルヴィンが目を瞬かせると。


「「「王子様っ！」」」


見れば、アルヴィンの周りに、老若男女の村人達が集まっていた。

「ありがとうございます、王子様！」

「王子様のお陰で、この村は救われましたっ！」

「これで法外な特別警備税を、あの欲深い公爵どもに払わずに済みますっ！」

「少しは生活も楽になります！」

「さきほど、攫われた娘が王子様の臣下様達に救出されて、無事に戻ってきました……一体、なんとお礼を申し上げたらいいのやら……ッ！」

「王子様が王になれば、この国は安泰だ！」

「アルヴィン様！　アルヴィン王子様！」

涙を浮かべながら、次々とアルヴィンにお礼を言っていく村人達。

そして――

「王子様……」

アルヴィンの前に、ユノが現れる。

胸元で手を組み、頬を薔薇(ばら)色に染めて、アルヴィンを崇拝するように見つめてくる。

「今回のこと……本当にどうもありがとうございましたっ！　民のため、自ら戦うそのお姿……私のような者もお救いになるその優しいお心……感動しましたっ！

王子様こそ、王の中の王ですっ！　私はそれを確信いたしましたっ！」

「そ、そんな……僕は……」

戸惑うアルヴィンへ、ユノが決意したように宣言する。

「王子様……私……やっぱり、騎士になりますっ！」

「……えっ？」

「私、昔から騎士に憧れていて……村の皆からは、お前じゃ無理だって言われ続けてきましたけど……やっぱり、私、騎士になりたいですっ！　いつか騎士になって、この命を王子様のために使いたいんですっ！」

そんなユノを、村人達が慌てて宥め始める。

「こら！　ユノ！　控えなさい！」

「なんて無礼な……ッ！」

「騎士は、お前さんの得意なチャンバラ遊びと違うんだぞ!?」

「そもそも、お前のような田舎娘が王子様のお役に立てるわけが……」

「いや、いい。構わないよ」

すると、アルヴィンはそんな村人達を手で制する。

そして、ユノを真っ直ぐ見つめて言った。

「嬉しいよ、ユノ。こんな半人前の僕のために、そこまで言ってくれるなんて」

「王子様……」

「でも、それは険しく厳しい道だよ。そこにあるのは華々しさだけじゃない。目を背けたくなるような闇もある。君は後悔するかもしれない」

「か、覚悟……覚悟していますっ！」

「うん。もし、その覚悟が一時のものでなく、本物なら……キャルバニア王立妖精騎士学校、ブリーツェ学級で会おう。君の入学を待ってる」

そう言って、穏やかに笑うアルヴィン。

「王子様……ッ！　はい……ッ！　必ずや！」

感極まったように目を潤ませて、ブンブン頷くユノ。

「ふっ……」

そんなアルヴィンやユノ達を、シドは穏やかに見守るのであった。

――――。

キャルバニア王国から、遥か北方。

壁のように聳え立つデスパレス山脈を越えて、大陸北端。

年中、極寒の凍気と吹雪が吹き荒れ、雪と氷に閉ざされた、旧・魔国ダクネシア。

そのダクネシア城、玉座の間にて。

「つまんない！　つまんない！　つまんない！」

ダクネシアの主、アルヴィンとうり二つの顔を持つ少女エンデアは、足を交差させて玉座に腰かけながら、不機嫌さを隠そうともしなかった。

「折角、あの王国の各地に、黒の雑魚剣をバラまいてやったのに！　なんか、普通にあっさり潰されちゃったし！　ああああ、もうっ！　一体、いつになったら、アルヴィンを地獄に堕とせるのよ⁉」

「ふふふ、こらえ性のない、私の可愛い主様……」

その隣で、魔女フローラがエンデアの髪を手で梳きながら、くすくす笑う。

「その準備は着々と整っていますわ。王都の光の妖精神の加護には、すでに修復不能な穴を開けましたし……そして、件の儀式に必要な触媒は揃いつつあります……」

近年の暗黒騎士団の各地での暗躍……国滅ぼし、殺人、強盗、誘拐、奴隷売買に麻薬取引……それらの活動は、全て〝件の儀式〟を行う魔法触媒を集めるため……とは、エンデアも聞いていた。

「ええ。後は時間……必要なのは時間なんですよ、主様」

そんな風にクスクス笑うフローラを前に。

エンデアは興味なさそうに鼻を鳴らし、そっぽを向いた。

「言っておくけど、私、貴女の行う予定の儀式については、よくわかんないし、わりとどうでもいいの。私はただ、アルヴィンを滅茶苦茶にしてやりたいだけ。あのムカつく国とこの理不尽な世界をブチ壊してやりたいだけよ！」

「ええ、ええ、存じ申し上げています。でも、私のやり方ならば、必ずや私の可愛い主様が、大満足できる結末がお約束できますわ」

「それは信用してるわ。だって、昔から貴女の言ったことに間違いはないもの」

「勿体なきお言葉ですわ」

「あーあ、それにしても暇ねぇ。テンコが私のものになってたら……少しは……」

ぼそぼそと。エンデアは誰にも聞こえない声でそんなことを寂しげに呟いて。

やがて、名案を思いついたとばかりに、ポンと手を叩いた。

「いっそ、教団の暗黒騎士達を総結集して、一気に攻め込んでみない？　キャルバニア王国の町や村を二、三くらい滅ぼしてやるの！」

エンデアのその有様は、子供が楽しい玩具で遊んでいるかのようだ。

その悪意は透明で、一周回って無邪気ですらあった。

「うふふ！　アルヴィンのやつ、きっと困って、悲しがって、怒るわぁ！　見物よ！　あの澄ました顔を曇らせることができるなら、私は――……」

「……名案ではありますが、おすすめしかねますわ」

肩を竦めるフローラ。

「確かに、我々オープス暗黒教団が誇る暗黒騎士団は精強ではありますが……今のキャルバニア王国には、伝説時代最強の騎士、シド卿がいらっしゃいます。並の暗黒騎士達では束になったところで及びませんわ」

「くっ……シド卿……ッ！」

エンデアが悔しげに歯噛(はが)みする。

「じゃあ、今まで通り、王国の敵対勢力に黒の妖精剣を横流しして、王国が疲弊するのを待つだけ？　そんなのつまんないッ！」

「そうですわねぇ……確かに、それはそれで面白くありませんわね」

フローラがくすりと笑う。

「それに、シド卿……確かに、私達の計画最大の障害となり得る騎士……そろそろ、何かしらの対策は必要ですね……」

と、そんな風に、フローラが何かを思索し始めた……その時だった。

「ならば……〝並〟ではない騎士で仕掛ければ良いのだろう？」

「ああ、まったくだ」

「……仰(おっしゃ)る通りですね」

不意に――場の空気が、闇が、とてつもなく重くなった。

「――く!?」

自身にのし掛かった壮絶な圧力に、エンデアは額に脂汗を浮かべる。

見れば――この玉座の間に、いつの間にか三人の人影が姿を現していた。

一人は、黒の全身鎧と外套、兜のバイザーに十字傷が刻まれている暗黒騎士だ。その全身鎧の全体的な意匠も、どこか獅子を思わせる。

もう一人は、やはり黒の全身鎧と外套の暗黒騎士だ。その兜のフォルムや肩の羽根飾りなどは、どこか梟の意匠を思わせる。

最後の一人も、黒の全身鎧と外套の暗黒騎士だが、その兜の額部分には一角獣のような角がある。全身鎧の意匠もどこか駿馬のように洗練されていて美しい。

三人とも、フルフェイスの兜であるため、その顔や表情は窺い知れない。

だが、その素顔を窺い知れずとも、その兜の下にある存在が、この世に属する者でないことは、誰の目からも自明の理だ。

なにせ、その暗黒騎士達が持つ、圧倒的な存在感。纏う絶大な闇色のマナ。

場に存在するだけで、見る者の魂を押し潰し、軋ませる者が、この世に属する人間であろうはずがない。

エンデアですら対峙するだけで、自然と膝が震えてくるほどの規格外。

　そして、曲がりなりにも、シドと対峙し、剣を交えたエンデアには理解る。

　この三人から感じるマナ圧は、あの伝説時代最強と謳われたシドと同格――あるいはそれ以上だと――

「ただ今、戻った。我が主君」

　玉座のエンデアに向かって跪き、臣下の礼を取る三人の暗黒騎士。

「し、獅子卿……梟卿……それに、一角獣卿……ッ！」

　エンデアは主君の意地を見せ、毅然とした態度で三人の騎士を出迎える。

　そう。この三人こそ、オープス暗黒教団が誇る、暗黒騎士団のスリートップ。

《黒獅子の騎士団》団長――獅子卿。

《黒梟の騎士団》団長――梟卿。

《黒一角獣の騎士団》団長――一角獣卿。

　エンデア達、闇の勢力最強の三騎士が、今、ここに――

「……何も臆することはございませんわ、私の可愛い主様」

　フローラはクスクス笑いながら、エンデアに耳打ちした。

「彼ら三人は、いずれ、この世界の真なる王となるあなたへ絶対の忠義を誓う騎士。あなたが死ねと命じれば、喜んで死に殉じる者達。

ゆえに、憶さず堂々と構えていらっしゃれば良いのです」

「……わ、わかってるわよ、そんなの」

ふん、と鼻を鳴らして深呼吸し、エンデアは三人の暗黒騎士に向き合った。

「で？　さっきの言葉はどういう意味？　獅子卿」

「言葉通りだ、我が主君」

十字傷の兜の暗黒騎士——獅子卿が厳かに答えた。

「〝並〟の騎士で歯が立たぬならば……〝並〟ではない騎士で当たれば良いこと」

「つまり——ここは我々が適任かと」

角付き兜の暗黒騎士——一角獣卿が獅子卿に同意する。

「どうか、私に御下命を。偽りの王、アルヴィン＝ノル＝キャルバニアに仕えし、《野蛮人》シド＝ブリーツェの首級を上げろと。

さすれば、我が身命を賭して成し遂げてみせましょう」

すると、獅子卿、そして、梟卿が次々と抗議の声を上げる。

「……待て、一角獣の。シド＝ブリーツェは、今も昔も俺の獲物だ……横から攫う気ならば、貴公とて……」

「貴様こそ何を言っている？　獅子卿。僕の誇りにかけて、あの男は僕が殺す。邪魔をするなら貴様も殺すぞ?」
だが、一角獣卿は、そんな二人の暗黒騎士の圧を悠然と受け流し、こう返す。
「ふっ……それは、我が主君の御心のままに、ではありませんかな? 二人とも」
その瞬間。
場の空気が、さらに重たく、鋭く張り詰めた。
獅子卿の手が背中の大剣へ伸びる。
梟卿の手が腰の長剣の柄を握る。
すると、一角獣卿の手も背中の槍を摑む。
三人の騎士が無言で、己が得物を手にしたのだ。
互いにまったく譲る気のない意志が壮絶な殺気となって、空間を軋ませる。
まさに、一触即発。
何かを切っ掛けに暴発した瞬間、壮絶なる殺し合いが始まる――その寸前。
今、三人の間に横やりを入れる者は死あるのみ――まさにそんな時。
「控えなさい、下郎。王の御前ぞ」
そんなフローラのいつになく冷厳なる言葉に。
「………」

「…………」

「…………」

三人の暗黒騎士達は、無言で殺気を解くのであった。

「まったく、あなた達は忠義が先走り過ぎですよ、もう」

すると、フローラもいつもの調子に戻って、コロコロ笑う。

「そもそも、今のあなた達には大事な役割があったでしょう？」

「件の古竜（エンシェント・ドラゴン）狩りか？」

「古竜（エンシェント・ドラゴン）を滅ぼし、その内包する莫大（ばくだい）なマナを地に還（かえ）す……そんな任務でしたか」

「それなら、もう終わった」

獅子卿が手を上げる。

すると、何騎もの幽騎士達が、巨大な角を乗せた台車を引っ張ってくる。

竜の角だ。

それを見たエンデアは、玉座から立ち上がって目を剝（む）くしかなかった。

「そ、それって……まさか、件の辺境ロラーヌのセリザンヌ湖に住まう竜――シャヴニグウスの角……ッ!?　まさか、もう討伐したの……ッ!?」

そんなエンデアを前に、三人の暗黒騎士はこともなげに言い合う。

「フン……我一人でも充分だった」

「ええ。あの程度の相手に、我々三騎士を動かすのは過剰戦力でしたね」

「やれやれ、伝説時代の古竜（エンシェント・ドラゴン）にはもっと骨があったものだが……これも時代の流れか」

そんな三人のやり取りに、エンデアは内心冷や汗を流すしかない。

（古竜（エンシェント・ドラゴン）……アレって狩れるモノなの……？）

この世に生まれ落ち、遥（はる）か悠久の時を経て人を超える知恵を獲得した竜を、古竜（エンシェント・ドラゴン）と呼ぶ。

古竜（エンシェント・ドラゴン）は、その一帯の自然や法則すら支配する、文字通り神にも近い力を持つ。

下手に古竜（エンシェント・ドラゴン）に手を出して滅ぼされた国は、歴史を繙（ひもと）けば枚挙に暇（いとま）がない。

そんな古竜（エンシェント・ドラゴン）狩りを、まるで鹿射（う）ちのようにこなしてきた三人の暗黒騎士達には、底知れぬ畏怖を覚えるしかない。

（この三人なら……本当にシド卿を倒せるかも……）

三人の圧倒的な力を肌で感じているからこそ、エンデアは容易に想像できる。

この三人がシドを討ち取り、その首級を我が膝下（しっか）に捧（ささ）げている光景が——

（あ、あれ……？）

そんな光景を想像したエンデアは、胸がざわりとする感覚を覚えた。

（い、今……私、それは嫌だって……？）

あの男は、シドは憎きアルヴィンの騎士なのに。

どうせ、自分のような闇に染まって堕ちきった者なんか助けてくれないのに。

どうして、今さらそんなことを思ってしまうのか。

エンデアが己の胸の内の答えを漠然と探していると。

「妙案ですね。アルヴィンがもっとも信頼する騎士――シド＝ブリーツェの殺害。それが成れば、あのアルヴィンもおおいにお嘆きになられる……私の可愛い主様の溜飲も幾分か下がるのではないでしょうか？」

「そ、そう……ね、そうだわ。あは、あははははっ！　きっと、アルヴィンのやつ、無様に泣き喚くでしょうね⁉」

エンデアが、どこか、しどろもどろと同意する。

「決まりだな。次の任務は、かの《野蛮人》の首級を上げる」

すると獅子卿が頷いた。

「ならば……我らのうち、誰が動くか……だが」

「一応、念のために聞きますが……三人で協力して、という選択肢はありませんか？」

そんな一角獣卿の問いに。

「ふざけるな」

梟卿が吐き捨てるように言った。

「先の雑魚竜の始末ならまだしも、他でもない、奴との戦いに貴様等の力を借りるなど、僕の誇りが許さん」

「然り。そもそも、貴様達と共闘など、いつ寝首を掻かれるかわからぬ」

「ふっ……そうですよね……そうでなくては」

一角獣卿がわかっていたとばかりに、含むような笑いを零す。

「それでは公平に。我らが敬愛する主君に決めていただきましょうか？」

「ああ、それが良さそうだね」

「……ふん」

三人の暗黒騎士達のバイザーの奥からの視線が、エンデアへと集まる。

「……えっ？」

唐突に選択肢を振られ、思わず硬直してしまうエンデア。

そんなエンデアへ、フローラがそっと耳打ちする。

「さぁ、私の可愛い主様。今こそ王命を下す時」

「……ッ！」

「あなたは下さなければならない。命じなければならない。さもなければ、王である資格を失いましょう。さぁ……この度は誰に任せましょうか？」

そう促され、エンデアは三人の暗黒騎士達を順番に見つめていく。

獅子(しし)卿。

梟(ふくろう)卿。

一角獣卿。

いずれも規格外の豪傑達。

恐らくは、単騎でも間違いなくシドの首を持ってくるだろう人外の最強騎士達。

「わ、私は……」

しばらくの間、エンデアは何かを迷ったように逡巡(しゅんじゅん)して。

「……わかったわ、王命よ」

今回、シドへと差し向ける騎士の名を、王の名において告げるのであった──

(……関係ないわ。どうでもいい)

王命を下した後──エンデアは自分へ言い聞かせるように歯噛(はが)みする。

(シド卿がどうなろうが、あの国がどうなろうが、どうでもいい……ッ！　私は、アルヴィンを殺すために、アルヴィンを絶望させ、全てを奪い尽くすため、こうして無様に生き続けているのだから……ッ！　だから……ッ！)

遠く離れた、北の地にて。

新たなる悪意と陰謀が今、動き始める——

第二章　対抗意識

今節の特別課題(クエスト)を終えて、王都へ帰還したシド達、ブリーツェ学級(クラス)。

馬に乗って、随行兵士達と共に城壁門をくぐると。

そこには意外な光景が広がっていた。

「「「うぉおおおおおおお！　アルヴィン王子様ぁあああああ――ッ！」」」

王家の人間といえど、たかが学生の一課題。特に告知もしていなかったというのに、多くの王都の民衆がアルヴィンの帰還を盛大に出迎えていたのだ。

民衆達は、手に小さな旗を持っている。黄色を基調とした竜の紋――ブリーツェ学級(クラス)の紋章旗だ。

その旗を振りながら、民主達は諸手(もろて)を挙げ、アルヴィン達へ歓声を送っていた。

「ど、どういうことだい？　これは」

「どうやら……先だって王都に帰還した先発隊が、色々と大げさにお前達の活躍を吹聴(ふいちょう)したようだな」

馬上で目を瞬(しばた)かせるアルヴィンに、シドが言った。

テンコ以下ブリーツェ学級(クラス)の生徒達も似たようなもので、呆気(あっけ)に取られている。

そんな生徒達を置き去りに、王都の民の大歓声は尽きない。

「アルヴィン王子！　ご初陣(ういじん)おめでとうございますっ！」

「聞けば、獅子奮迅のご活躍だったとか！」

「王子自ら陣頭に立って、民のために戦うなんて……うぅ……まるで、先王アールド様の再来じゃあ……ッ！」

「聞いたか⁉　ブリーツェ学級(クラス)は、最近、伝統三学級(クラス)との模擬戦や馬上槍試合(トーナメント)でもまったく負けなしだそうだぜ⁉」

「マジか！　そんなに強くなっているのか、あの子達！」

「どうりで、あのゲイル山賊団を壊滅させるわけだぜ！」

「アルヴィン様は、ひょっとすると、先王アールド様以上の……いや、聖王アルスル様の再来となるかもしれない！」

「この国の未来は明るいぞ！」

――――。

王都の民達に見送られながら、シド達はキャルバニア城へと凱旋した。

城下町と城を隔てる渓谷にかかる石橋を渡り、正面城門を通って、城敷地内へ。

城敷地内に入ると、まずそこには三つの紋章旗がかかる小城館がある。

赤を基調とした獅子――デュランデ学級の紋章旗。

青を基調とした梟――オルトール学級の紋章旗。

緑を基調とした一角獣――アンサロー学級の紋章旗。

それらが掲げられたその小城館は、伝統三学級の学び舎、キャルバニア王立妖精騎士学校本館校舎だ。

そんな本館校舎の陰に隠れるように、黄を基調とした竜――ブリーツェ学級の紋章旗が掲げられた小さな別館がある。こちらがアルヴィン達ブリーツェ学級の学び舎だ。

ここで一旦、シドはブリーツェ学級の生徒達と別れ、アルヴィンとテンコを連れて、このキャルバニア王立妖精騎士学校区画を過ぎり、奥の大城館――本城へ。

そして、城内中層階――《湖畔の乙女》神殿区画へと赴く。

そこで今回の課題(クエスト)の結果報告(リザルト)を行い、大量の功績点(ポイント)を得て、神殿を後にする。

三人がブリーツェ学級(クラス)の寮塔を目指して、城内を歩いていると。

「ふふっ、今夜はご馳走(ちそう)ですね、アルヴィン！」

テンコが嬉(うれ)しそうに言った。

よっぽどご機嫌なのか、彼女の尻尾はパタパタと左右に揺れている。

「今回稼いだ功績点(ポイント)があれば、私達の学生生活の質も大きく向上しそうです！」

「うん……そうだね……」

だが、当のアルヴィンは少し浮かぬ顔だ。

それを敏感に察知したテンコが小首を傾(かし)げ、心配そうにアルヴィンの顔を覗(のぞ)き込む。

「ど、どうしたんですか？　アルヴィン」

「なんか……ちょっとね……遠征先の村人達や、さっき僕達のことを出迎えてくれた王都の民達のことを考えちゃってさ……」

アルヴィンが苦笑しながら、ぼそぼそと言う。

「なんか……皆、僕を過大評価してるような気がして……」

「過大評価……ですか？」

「うん。もちろん、僕は一生懸命やっているけど……まだまだ、王として父上には遠く及ばないし……今だってシド卿やイザベラ、そして、ブリーツェ学級の皆に、おんぶに抱っこ状態なのに……まだ一人じゃ何もできないのに……」

そんな風に、アルヴィンが胸の内を吐露していると。

「それだけ、皆、お前に期待しているってことさ」

ぽん、と。

アルヴィンの頭に手を乗せ、シドが言った。

「北の魔国の脅威、国内治安の不安、周辺諸国の圧力、そして何よりも王の不在……そんな情勢下、英雄と讃えられた先王の子のお前が、これだけ華々しい戦果を上げ、堂々と民を守ってみせたんだ。皆、お前に希望を見たりもするさ」

「…………」

押し黙ってしまうアルヴィン。

そして、そんなアルヴィンへ、シドが小さく笑いながら、短く問う。

「ふっ……重荷か？」

すると、アルヴィンは顔を上げ、毅然と答えた。

「いえ……元より王とはそういうものです。覚悟はできてます」

「よく言った。それでこそ我が主君」

シドが満足そうに頷く。

「だが、だからと言って無理はしなくていい。辛い時は遠慮なく言え。騎士として、俺がお前の重荷を共に背負おう」

「ええ、頼りにしてます、僕の騎士」

シドの言葉に、アルヴィンはにっこりと笑った。

と、そんな穏やかな信頼を互いに向け合うシドとアルヴィンの間に。

「むぅ〜〜っ！」

テンコがほっぺを膨らませて、割って入る。

「わ、私だって、一緒に背負いますからねっ!? 私だってアルヴィンの騎士ですっ！ これぱっかりは師匠にだって負けるつもりはありませんからねっ!?」

「あはは、ありがとう、テンコ。もちろん、君のことを忘れたつもりは微塵もないよ。君だって、シド卿と同じくらい大切な臣下であり……親友だよ」

「本当ですかぁ〜〜っ!? さ、最近のアルヴィンったら師匠に対して、なんかこう……主君と臣下の関係を超えた何かを感じさせるというか……ッ！」

「ちょっ!? て、テンコ!? な、何を言って——ッ!?」

途端、アルヴィンが顔を真っ赤にして、あわあわし始めた……その時だった。

——不意に前方から近付く人の気配。

その気配に混じる明確な敵愾心。

「……？」

それを察したシドが、ふと足を止める。

アルヴィンとテンコも浮ついた気分を抑え、立ち止まる。

やがて、城内通路の前方からやって来たのは……キャルバニア王立妖精騎士学校の従騎士礼服に身を包んだ、赤い髪の少女だった。

「ん？　あの女は……」

その少女に、シドは見覚えがあった。

その赤い髪の少女と初めて面と向かって会ったのは、今から約二ヶ月前——四学級合同交流試合での打ち合わせ会場でのことだ。

その時は顔を合わせただけで、言葉をかわす機会はなかった。

だが、その少女が神霊位の妖精剣に選ばれた鳴り物入りの生徒であったこと、何より、常に敵意に近い鋭い目を向けられていたことから、シドはよく覚えている。

その少女の名は──

「ルイーゼ＝セディアスじゃないか。この間の四学級合同交流試合以来だな」

よっと、シドがルイーゼに軽く挨拶をする。

だが、ルイーゼはその挨拶には応じず、シド達の前で足を止める。

そして、噛み付くような目でシド達を睨み付けて、一方的に言い捨ててくる。

「ふん、掃き溜め学級の教官と生徒達が」

「な……ッ⁉」

鼻白むアルヴィンやテンコへ、ルイーゼは不快感を隠そうともせず、続ける。

「最近、随分と好き勝手にやっているようだな、お前達」

「…………」

「落ちこぼれのお前達が《湖畔の乙女》と結託し、自分達に都合の良い課題ばかりを貰っては、せせこましい山賊退治で民を守って点数稼ぎ……さぞかし気分が良いことだろうな？　出来損ないのアルヴィン王子」

「な──ッ⁉　なんて失礼な……ッ！」

「そんな……僕はそんなつもりは……」

一方的なルイーゼの罵倒に、テンコとアルヴィンが反論しかけると。

シドがそれを手で制する。

「ははは、人聞きが悪いな、ルイーゼ。どうした？　腹の虫の居所でも悪いか？」

「人聞きが悪いも何も事実だろう⁉」

ルイーゼが、きっとシドを睨み付ける。

「最近は、お前達ブリーツェ学級ばかり、いとも簡単に戦果と名声が得られる課題ばかり……ッ！　これを《湖畔の乙女》との結託と言わずしてなんと言う⁉」

「あのな……《湖畔の乙女》の長にて、キャルバニア王立妖精騎士学校の学校長イザベラはいつだって、公平だぞ？」

シドが肩を竦めて言った。

「確かに、今回は諸事情により、山賊団などの討伐を優先的に回してもらったが……それは別に贔屓でもなんでもない。ブリーツェ学級にその実力があったからだ。

イザベラはいつだって、その学級の実力に相応しい課題を苦労して考え、生徒達に与えている。

なにせ、課題難易度の設定ミスは、生徒の命に関わるからな。

たとえ、三大公爵家や伝統三学級と折り合いが悪くとも、イザベラはそこに私情を挟むようなやつじゃない。本当に良い女だよ、あいつは」

「嘘だッ！」

ルイーゼが吠える。

「ならば……なぜ、お前達ブリーツェ学級が課題で華々しく戦果を上げる中、我々伝統三学級は、誰にも見向きもされない、つまらない課題しか与えられない!?　なぜ、我々にも、お前達のような名誉を得られる課題をよこさない!?」

するとシドがきょとんとしながら返した。

「だって、お前達には無理だし」

「──ッ!?」

当然、シドは煽っているつもりはなく、事実を事実として告げているだけだ。

だが、そんなことをわかろうはずもないルイーゼは、あまりにもストレートに煽られたと感じるあまり、その衝撃に言葉も出ない。

「お前達が、今回のブリーツェ学級の課題に従事したら、普通に何人も死ぬぞ？　そんな分不相応な課題を与えるなんて、それこそ悪辣だろ？」

「ふ、ふざけるなぁあああ──ッ！」

ルイーゼが吠えた。

シドの発言は、ある事を大前提にしている。そのある事など、到底認められないルイーゼは、声を張り上げて突っぱねるしかない。

「神霊位(アツィルト)の私が……ッ！　誇り高き伝統三学級(クラス)の私達が、たかが山賊ごときを相手に不足だというのか……ッ⁉　侮辱も甚だしいぞ、下郎がッ！」

「ん？　この時代は事実の指摘が侮辱になるのか？」

シドが答えを求めるように、アルヴィンとテンコを振り返ろうとする。

だが、ルイーゼがそんなシドへ詰め寄り、胸ぐらを掴(つか)み上げて、シドと顔を合わせる。

「わ、我々は、貴様(きさま)達のような地霊位(アッシャー)の雑魚(ざこ)剣とは格が違うんだッ！」

「試合と実戦だって違うぞ」

「お前達のような落ちこぼれにできることが、私達にできないはずがない……ッ！」

「だから、無理だって」

シドがついに呆(あき)れたように言った。

「お前達、弱いし」

「～～～ッ⁉」

そう。シドの話の大前提だった、ある事。

〝伝統三学級(クラス)は、ブリーツェ学級(クラス)より劣る〟。

それを容赦なくシドに言葉にされて、ルイーゼの怒りは爆発寸前であった。

「確かに、俺が来た当初は妖精剣の剣格差で、お前達伝統三学級の方がブリーツェ学級より上だったけど……もうとっくにひっくり返ったぞ？　とりあえず現実は認めろ」

「…………」

「まぁ、安心しろ。今はまだ弱過ぎて話にならないが、お前達が戦場に出るに相応しい実力を身につければ、イザベラもお前達に相応しい課題をくれる」

「…………」

「……ん？　ということは、ひょっとして……お前、同世代のアルヴィン達が課題で大活躍して、民からチヤホヤされるのが羨ましかったのか？　ぷっ……なんだ、案外、可愛いところあるじゃないか、ははは」

からからと笑いながら、あまりに歯に衣着せぬ物言いを続けるシド。

それをハラハラしながら見守るアルヴィンとテンコ。

そして、誇り高きルイーゼの堪忍袋も最早、限界だった。

相手が他学級の教官騎士だからと辛うじて堪えていた激情は――ついに爆発する。

「貴様ぁ――ッ！　私を愚弄するかぁあああああ――ッ!?」

ルイーゼが腰に吊った自身の双剣の妖精剣を抜剣――

「えっ⁉」

「ちょ──ルイーゼ⁉」

目を見開いて硬直するアルヴィンとテンコの前で──

「はぁああああああああ──ッ！」

まさに電光石火の挙動で、ルイーゼはシドに向かって双剣でXの字に斬り込む。

が──

「ん？」

「な──ッ⁉」

ルイーゼの瞳が驚愕に見開かれる。シドは、ルイーゼの剣が交差する点を指一本で押さえて、ルイーゼの剣を完全に止めていた。

当然、刃に触れるシドの指先には切り傷一つない。

「ぐ、ぅうううう……ッ⁉」

ぎりぎりぎり……

妖精剣からのマナ供給を受け、ルイーゼが全霊の力で押し込んでも……シドはびくともしない。まるで巨城でも相手にしているかのような重さと安定感だ。

「ふっ……古今東西、決闘私闘は騎士の華だ。嫌いじゃないぜ、ルイーゼ」

シドは交差する剣越しに、ルイーゼへ、に、と笑ってみせた。

「だが、その程度の腕じゃ、俺の相手は千年早い」

ぴんっ！　と。剣を押さえる指を弾くシド。

どんっ！　と。それだけでルイーゼの双剣が左右に弾かれ、その身体が盛大に浮いて、ノックバックしていく。

「く、くそっ……」

ルイーゼがガタガタ震えながら、剣を引いて引き下がる。

ルイーゼとて素人ではない。武を極みを目指す騎士だ。

ゆえに、今の一手一合で強烈に悟ってしまったのだ。

たとえ、今の自分が何千回、何万回、斬りかかったところで、己の剣がシドへ届くことなど、万が一にも有り得ないのだということに。

伝説時代最強の騎士――ルイーゼはその肩書きの意味を改めて思い知ったのである。

「ふむ。剣筋は悪くない。センスもある。それだけに惜しいな」

そして、シドが震えながら俯くルイーゼへ悪意なく続ける。

「もし……お前さえよかったら、俺がお前に稽古をつけてやってもいい。お前は間違いなく伸びるだろうしな」

だが、そんな相手を思ってのシドの言葉は、ルイーゼのなけなしの自尊心や誇りを容赦なくズタズタにするしかない。

「黙れ……ッ！　妖精剣すら持たない騎士が、わかったような口を利くなッ！」

悔しげに双剣で床を叩き、ルイーゼが吠えた。

「《野蛮人》シド＝ブリーツェ……ッ！」

ルイーゼは親の仇のように、シドを鋭い眼光で睨み付ける。

「残虐非道にて冷酷無比！　望むままに戦場を駆け抜け、その双剣を振るって望むままに殺し続けた、悪辣の騎士……ッ！

その重ねた罪業と屍は山よりも高く、その最期は自らの主君、聖王アルスルじきじきの誅殺という騎士として恥ずべき末路……ッ！　言葉通り、騎士にあるまじき騎士ッ！」

「……ほう？　それがどうした？」

「私は……お前を認めない……ッ！」

どこか面白そうに応じるシドへ、ルイーゼがさらに噛み付くように告げる。

「なぜだ……ッ⁉　なぜ、お前のような騎士にあるまじき騎士が、いかにも騎士の中の騎士みたいな顔で、この国にのさばっているんだ……ッ⁉」

「………」

「お前のような、騎士としての誇りも名誉も何もない《野蛮人》など、私は認めない！」

そして、ルイーゼは視線を滑らせ、今度はアルヴィンを睨(にら)み付ける。

「お前もだ……ッ！　アルヴィン王子……ッ！」

「……ッ⁉」

唐突に話を振られ、アルヴィンが目を瞬(しばた)かせる。

「ロクな力もない弱小王家の分際でッ！　偶然得た《野蛮人》を利用し、自身の権勢をせせこましく高めようとするお前など、私は認めない！

恥ずべき主君に恥ずべき騎士ッ！　私は、お前達など、断じて認めない……ッ！」

「まぁ、別に俺は構わんが……アルヴィンをそう悪く言ってやるな。アルヴィンは色々と頑張ってるぞ？」

特に気分を害したような様子を見せることもなく、シドがさらりと流す。

「うるさいっ！　お前もアルヴィンも、この国を死に至らしめる病巣(びょうそう)だッ！　お前達のような存在が、いずれ騎士の名誉と誇りを貶(おとし)め、必ずやこの国に災いをもたらすッ！」

「…………」

「私は……いつか必ず、この剣と騎士の誇りにかけて、お前達を倒すッ！　首を洗って待っていろ！　《野蛮人》どもッ！」

そう言い捨てて。

ルイーゼは苛立（いらだ）たしげに剣を収め、くるりと踵（きびす）を返す。

そして、肩を怒らせてその場を立ち去って行くのであった。

そんなルイーゼの背中を見送りながら、シドがしみじみと言った。

「やれやれ、あの年頃の女の子は難しいな……」

「ルイーゼが難しいっていうより、師匠の物言いに問題がある気がするんですが」

ジト目でため息を吐（つ）くテンコ。

「昔と現代の感覚の違いのせいか、ナチュラルに煽ってますもんね……」

苦笑いするしかないアルヴィン。

「……？　まぁ、それはさておき」

シドが不思議そうに小首を傾（かし）げながら、話を続けた。

「そういえば、もうじき、お前達一年従騎士（ファースト・スクワイア）合同の妖精界合宿だったな？」

「あ、はい……」

「そういえば、そうでしたね……」

シドの問いかけに、アルヴィンとテンコが頷（うなず）く。

「確かに、僕達がいくら正当な課題（クエスト）に従事していただけとはいえ……多分、さっきのルイーゼみたいに考えている他学級（クラス）の生徒達は多いと思います」

「そんな他学級（クラス）の生徒達と一緒に、一ヶ月もの間、同じ場所で一緒に訓練合宿をするなんて……なんか今からトラブルの臭（にお）いがプンプンするんですけど……」

「この合宿は、キャルバニア王立妖精騎士学校一年従騎士（ファースト・スクワイア）の、今期最後の必修課題（クエスト）とはいえ……今から少し気が重いよね……」

そんな風に、アルヴィンとテンコが顔を突き合わせてため息を吐いていると。

「……ふむ、なるほど。まぁ、これも良い機会かもしれないな」

シドが、ルイーゼが去って行った方向を流し見ながら、そんなことをぽつりと呟（つぶや）くのであった。

第三章　妖精界合宿

妖精界。

この世界――物質界の裏側に存在するという異界。

様々な妖精達が住まう世界。

この二つの世界は、普段は決して交わることはない。

妖精界で生まれた妖精達が、時折、世界の隙間を通って物質界に顔を出し、人を和ませたり、驚かせたりする……その程度だ。

だが、この世界には、その決して交わらぬ二つの世界入り混じる特異な場所……即ち融界が確実に存在する。

たとえば、その一つがキャルバニア城であり、この城は二つの世界を隔てる《帳》の役割を果たしている。

ゆえに、キャルバニア城内には、物質界と妖精界を行き来するための様々な《門》が、随所に存在する。

たとえば、城の中庭に存在する池。

または、夜中の決まった時間にのみ出現する扉や階段。

あるいは、城内のロング・ギャラリーに飾られた、とある絵画。

もしくは、城内のとある衣装室にひっそりと眠る、姿見。

城の各場所にある様々な形の《門》が、妖精界の様々な階層や場所へと繋がっており、それらを通り抜けることで、物質界と妖精界を行き来することができる。

変わり種としては、城の地下書庫の一角には禁断の書物があり、それを読むことで特殊な妖精界へと入り込める……などというパターンも存在する。

この城は一つの生きた魔法建築であるがゆえ、未だ誰も知らない《門》に偶然迷い込み、そのまま行方不明になってしまう者も、本当にごくごく稀に出るほどだ。

そして。

キャルバニア王立妖精騎士学校の従騎士達の誰もが確実に知っており、誰もが最初に足を踏み入れることになる《門》と妖精界が存在する。

それが、キャルバニア城中層階に存在する《湖畔の乙女》神殿区画。その祭祀場の奥――光の妖精神の神像の陰に、ひっそりと隠れるように存在する小さな扉。

その扉を潜り抜けた先には――

――――。

「んんん～～っ！」

シドが伸びをして、朝の空気を胸一杯に吸い込んだ。

見渡せば、そこは清らかな水を湛えた、海のように広い湖の畔だ。

その湖面上には、無数の剣が水に突き立つように浮いている。

そんな不思議な湖の周囲は、深い森に囲まれており、辺りには朝靄が漂っている。

湖の真ん中には、小さな中島があり、そこには古びた祠が立っている。

耳を澄ませば、そこかしこに感じる様々な妖精達の気配。

だが――長閑なのは、湖の周辺までだ。

湖を囲む森の奥深くには陽の光が届かず、人知の及ばぬ危険な存在が闇の中で息を潜めて、こちらを喰い殺す機会を虎視眈々と窺っている……そんな雰囲気。

そんな光と闇が入り混じる場所を見渡し、シドが言った。

「実に良い朝だ」

「……ここで、そんな呑気なこと言えるのは、師匠だけです……」

焚き火の傍で、携帯毛布に包まって寝転がっていたテンコが、眠い目を擦りながらのそのそと起き上がる。

「まったくだぜ……こんなおっかねえ野営は初めてだ……」

「本当ですわ……真夜中に、時折、得体の知れない妖魔の遠吠えが聞こえてきて……」

「うぅ……くそ。先が思いやられる」

クリストファー、エレイン、リネット、セオドールも、のそのそと身を起こす。

「これ……慣れるのかな……？」

皆より早く起きて、湖の水で顔を洗っていたアルヴィンも同じようで、やはりどこか寝不足気味だ。

「何を言ってるんだ。もし戦場に出れば、緊張感はこんなもんじゃないぞ？」

いつの間に調達してきたのか、シドが手際良くナイフで兎を捌き始めた。

「せっかく、野外合宿に来たんだ。こういう機会に慣れておけ」

「は、はい……」

アルヴィンが首肯しながら、周囲を見渡す。

すると、自分達と似たような野営拠点が、湖の畔に沿って、たくさん点在しているのが見えた。

デュランデ学級(クラス)、オルトール学級(クラス)、アンサロー学級(クラス)の野営拠点だ。

アルヴィン達と同じく、この湖の畔で一夜を過ごした他学級(クラス)の従騎士(スクワイア)達が目を覚まし、のそのそと、本日の活動を開始するのであった――


妖精暦一四四七年、一の月(ジャーニ)。

四学級(クラス)合同交流試合から約二ヶ月。

年も明け、暦の上でも季節はすっかり冬。

大地が真っ白な雪に覆われ、身も凍るような寒気が支配し、生命がやがて来たる春の訪れをじっと堪(た)え忍びながら待つ、王国の一年でもっとも厳しい時期。

降り積もる雪と厳しい冬の寒さに、従騎士(スクワイア)達の訓練がどうしても滞ってしまうこの時期になると、キャルバニア王立妖精騎士学校では、とある定例課題(クエスト)が生徒達に課される。

それが妖精界合宿と呼ばれるものだ。

学校の生徒達全員が、キャルバニア城の裏側にある、気候的に過ごしやすい妖精界に一ヶ月ほど滞在し、そこで合同訓練を行うのである。

これは戦時の野営実習も兼ねており、食料なども、その多くを現地調達せねばならず、とても厳しい課題(クエスト)であり、単純な戦闘訓練とは別ベクトルの辛(つら)さに耐えかねて、途中離脱(リタイア)、従騎士(スクワイア)を辞める者すら出てくる、一年間の学校生活最後の難関だ。

生存術(サバイバル)訓練と言っても過言ではない。

「ま、これが終わって帰る頃には、お前達も一皮剝(む)けているはずだ。気張れ」

「でも……なんで、よりにもよって《剣(つるぎ)の湖》周辺でやるんすか⁉　コレ！」

クリストファーがいかにも嫌そうに声を上げた。

「妖精界第一層《陽光ノ樹海》とか、他にもっと安全な場所あるだろ⁉」

「バカか、君は。安全な場所じゃ、修行にならないだろ」

セオドールが呆(あき)れながら言う。

一年従騎士(ファースト・スクワイア)の合宿場所——妖精界第九階層《剣の湖》。

実はこの場所、無数に階層が存在する妖精界の中でも、かなりの深層域なのだ。

妖精界は深層に至るほど、出現する妖魔の強さと探索危険度が増す。

とある目的のため、この階層には、キャルバニア城の《湖畔の乙女》の神殿区画にある祭祀場から、直通の【妖精の道(フェアリー・ロード)】が通っている。

だが、本来ならば、従騎士(スクワイア)程度がおいそれと足を踏み入れてよい場所ではない。

「まぁ、お前達も知っての通り、《剣の湖》はキャルバニアの騎士にとって、とても神聖で特別な場所だ」

「そうですね……この学校に入学した生徒達は、まずここで妖精剣を授かる……」

「はい……つまり、騎士としての私達が始まった場所……と言えますね」

アルヴィンとテンコが、湖の水上でゆらゆら揺れている剣達を流し見る。

そう、この湖の水面上に突き立つ剣は、全て妖精剣なのだ。

入学当初、不本意にも地霊位(アッシャー)の妖精剣に選ばれてしまい、これから自分達はどうなるのだろうかと不安に揺れたのも、今は良い思い出だ。

一年従騎士(ファースト・スクワイア)が、毎年この場所で合宿を行うと決められているのも、騎士を目指した初心を忘れぬようにと、そういった誰かの祈りや願いが込められている……のかもしれない。

「ま、そういうことだ」

シドが、穏やかに言った。

「ゆえに湖の周辺には、聖なる魔除(まよ)けの結界が張ってある。この階層は、妖精界の深層域であるため、わりとヤバめの妖魔がうようよしているが、その結界のお陰で、湖周辺で活動する分には問題ないから安心しろ。あくまで湖周辺で活動するならな」

「「「うへぇ……」」」

理屈ではわかっていても、死地と常に隣り合わせ。

そんな状況に、生徒達はジト目で呻くしかない。

と、その時、そんな生徒達を尻目に、テンコがアルヴィンへそっと耳打ちした。

（ま、私は正直、この階層の危険性より、アルヴィンのことが心配なんですけど）

（あ、あはは……）

テンコの耳打ちにアルヴィンが苦笑する。

ご存じの通り、アルヴィンは女だ。周囲に対しては性別を偽っている。

仲間達と野外で一ヶ月も寝食を共にするとなれば、女であることを隠し通すためには様々な苦労がある。

（まぁ……その辺りは、イザベラから色々と魔法の道具をもらって来たし……それに、テンコやシド卿もいるし……だから、大丈夫だよ）

（だといいんですが……）

そんな風に、テンコが親友の心配をしていると。

「ちなみに、今日の朝飯は俺が用意してやるから、お前達、早くしろ」

シドが、切り分けた兎肉の塊に香草と香辛料をたっぷり振り、焚き火で炙り始めた。

「わぁ！　ありがとうございます、教官！」

「そ、そう言えば、わたくし達、お腹ペコペコですわ……」

リネットとエレインが、兎肉の焼ける香ばしい匂いに喉を鳴らした。

「そう言えば……昨日は、城から【妖精の道】を一夜かけて通って、この階層にやってくる強行軍と、簡易的な野営場の設営で、ほとんど何も食べてないからな……」

クリストファーすら、空腹に耐えかねたようにそわそわしている。

「ありがとうな、教官！　よっしゃ、さっそく顔洗ってくるぜ！」

そして、クリストファーが嬉々として席を立とうとすると。

「ん？　顔？　いや、違う違う」

シドがジト目で、手をパタパタする。

「え？　違うって……？」

「どういうことですの？　朝食にするのではないのですか？」

エレインが不思議そうに小首を傾げると。

シドが、ずいっと、とある方向を指差す。

「アレだ」

そこには――ずらり、と。

重厚な全身鎧が人数分、鎮座していた。

「「「…………」」」

この学級(クラス)では、あまりにもお約束な鎧の登場に、たちまち沈黙する生徒達。

しかもよくよく見ればその全身鎧……明らかに、いつものやつよりデカく重そうだ。

「え、えーと？　シド卿……？　まさか早くしろって……？」

アルヴィンが頬を引きつらせながら、おそるおそる問うと。

「当然。さぁ、行ってこい」

「「「それ、ここでもやるのぉおおおおおおおおおおおお——ッ!?」」」

生徒達は絶望の悲鳴を上げた。

「あー、初日だから、この湖の周りを、岸辺に沿って一周だけでいいぞ」

「一周!?　この海みたいにバカでかい湖の周囲を一周!?」

「一体、何キーロあると思ってるんですか!?」

「ちなみに、早く戻ってこないと、肉がなくなるぞ。つまり朝飯抜きだ」

「「「鬼ぃいいいいいいいいいいいい——ッ!?」」」

早速、焼けた熱々の肉を美味(うま)そうにかじり始めたシドに、生徒達は涙目となって、慌てて鎧を着込み始めるのであった——

「しかし──《剣の湖》か」

がっしゃがっしゃ、音を立てて走って行く生徒達を見送った後。

シドは肉をかじりながら、懐かしそうに遠くを見た。

この海のように広い湖の向こう岸──その先に鬱蒼と茂る大森林を越えて、さらに先にある山々の、一際高く目立つとある山の頂上。

そこをどこか遠い目で仰ぎ見ながら、シドが呟く。

「懐かしいな。……色々と」

──────。

そんなこんなで妖精界合宿が始まった。

合宿は、普段の学校のカリキュラムと同様に、早朝、午前、午後と三つの部に分れている。

そのうち、早朝と午前の部は、例年、各学級ごとに、その学級や担当教官の指導方針に従って行われる。

そして、午後からは四学級合同の訓練だ。

「実に良いことだ」

シドは、湖の周りを悠然と散策しながら呟いた。

朝食後、シドは相変わらず、アルヴィン達に全身鎧を着込ませて、湖の周りの走り込みに行かせている。

〝昼までに最低十周〟と言い渡した時の、アルヴィン達の悲痛な顔は完全スルーだ。

「深層の妖精界はマナが豊富だからな。しっかり呼吸して走り込んだ分、身体にマナが定着し、鍛えられる。いっそ、こっちに居る間はもう走り込みだけでもいいくらいだ」

アルヴィン達が聞いたら、青ざめて泣いてしまいそうなことを言いながら、シドは散策を続けていく。

遠目には、アルヴィン達が、湖の岸辺に沿って走っている姿が小さく見えた。

そして同時に、他学級の鍛錬風景が飛び込んで来る。

各学級を担当する教官騎士の熱心な指導の下、誰もが真剣に訓練している。

「しかし……こうして改めて見ると、訓練方法って、学級ごとにそれぞれなんだな」

ふむふむ、とその風景を眺めるシド。

湖の岸辺で妖精剣を構えて並び、全員で火力魔法をひらすら放っているのは、主に赤の妖精剣の使い手で構成されるデュランデ学級だ。

一方、森の木陰で剣を地面に突き立て、その前で静かに瞑想をしているのは、主に緑の妖精剣の使い手で構成されるアンサロー学級である。

また、自らの妖精剣に向かって古妖精語で語り掛け、新しい妖精魔法を編み出そうとしているのは、主に青の妖精剣の使い手で構成されるオルトール学級である。

一見、各学級の騎士としての訓練法は、三者三様に見える。

だが、それらの訓練法の根本的なものは――

「やっぱり、いかに妖精剣から力を引き出すか……それに重きを置いた訓練か」

うーむ、と難しい顔でシドが頭をかく。

「確かに、それも必要なことではあるんだが……それだけじゃな」

言ってしまえば、彼らが追い込んでいるのは妖精剣だけだ。アルヴィン達のように自身を極限まで追い込んではいない。

無論、彼らが将来、立派な騎士となるために、必死に努力をしている空気は伝わってくる。実際、強くなるために真剣なんだろう。顔に出ている。

だけど、やはりシドには、妖精剣を振るう自身の鍛え方が圧倒的に足りないと思えてしまう。現代の騎士の〝温さ〟を感じてしまう。

そして。

彼らも真剣だからこそ、全身鎧を着て走り込みをしているアルヴィン達へ、こんな視線を向けているのだ。

即ち──

〝なんで、お前達はそんな遊びみたいな訓練をしているんだ？〟

〝弱い妖精剣に、バカみたいな訓練法〟

〝そんなお前達が、どうして、あれほどの戦果を上げ続けているんだ？〟

〝どうして、お前達が、俺達より強くなっている？〟

〝俺達の方が、私達の方が、お前達よりずっと真剣に、本気で頑張っているのに〟

〝俺達の方が──……〟

「あの走り込みのキツさは、実際にやったやつじゃないと、わからんからな」

シドが苦笑いする。

「懐かしいな。俺も昔はよくゲロ吐いたもんだ」

他学級の生徒達にとって、アルヴィン達の訓練が遊びのように思えるのは、ひとえに妖精剣から力を引き出すことが前提となっているからだ。

今、アルヴィン達が着ている全身鎧。

確かに、それは普通の人間にとっては凄まじい重量だが、一度、騎士が妖精剣を握ってマナ供給を受ければ、まるで羽根のように軽く感じられる。

だからこそ、やっていることが遊びに見えるのだ。

実際は、この走り込みを行う際、妖精剣は禁止である。

また、アルヴィン達は外界からマナを取り込み、自身のものとして昇華燃焼させる、ウィルと呼ばれる技を体得しているが、それも禁止させている。

なぜなら、この走り込みは、より強いウィルを練り上げるため、心臓と肺を鍛えるための訓練。

だから、素の自分の肉体を極限まで追い込まなければならない。

ズルして密かにウィルを使って、走り込みを適当に流そうとする気配を察知すれば、シドは容赦なくその生徒へお仕置きの稲妻を飛ばすことにしている。

実際、以前、走り込みの辛さにどうしても耐えかね、こっそりウィルを使ったテンコとクリストファーを、何度かお仕置きしたお陰で、もう横着しようとする生徒はブリーツェ学級にはいない。

「まぁ、各学級ごとに、担当教官の方針があるんだから仕方ない。俺は、俺を信じてついてきてくれる連中を導くだけだ」

そう言って、シドは散策を再開する。

(しかし……やはり、このままでもいけないな……)

確かに、他学級の妖精剣に習熟する方向性の訓練も、まったく無意味とは言わない。

強くなる上で大事なことだ。

ただ、それ以上に、もっと鍛えるべき大事なことがある——それだけの話。

(それに……我が主君の最終目標を鑑みるに……さて、どうするか……?)

そんなことを考えながら、湖周囲の散策を続けていると。

「!」

ふと、視界の端に見覚えある赤い髪の少女の姿を見つけて、シドは足を止めた。

オルトール学級の訓練場所から離れた場所で、一人ぽつんと、黙々と剣の素振りをしている、その赤い髪の少女は——

「ルイーゼ」

当のルイーゼは、シドの接近にはとっくに気付いているはずだ。

だが、ルイーゼはシドを無視して、妖精剣の素振りを淡々と続けている。

妖精剣から供給されるマナを、全身隅々まで行き渡らせ、鋭い打ち込みを続けている。

やはり、真剣なのだろう。

ルイーゼの額からは、珠（たま）のような汗が散っていた。

そんなルイーゼの元へ悠然と歩み寄ったシドは、軽く手を上げて声をかけた。

「お前、一人で何やってるんだ？」

すると——随分と長い間があって。

「……決まっているだろう？　鍛錬しているだけだ」

ルイーゼが素振りを続けながら、いかにも鬱陶しそうに吐き捨ててくる。

「一人で？　なぜ？」

「なぜだと？　決まっている！」

すると、ルイーゼが素振りに力を込めながら、叫ぶ。

「私は神霊位（アッィルト）だ！　選ばれし存在だッ！　他の程度の低い連中と鍛錬したところで、何も得るものはない！　足を引っ張られて、修行の邪魔になるだけだッ！」

「そうか？」

シドがルイーゼと他の生徒達を見比べ、ぼやく。

「言っておくが……お前達、全員、どんぐりの背比べだぞ？」

「──ッ！」

シドの指摘に、ルイーゼが思わず一瞬硬直し、素振りの手を止めて。

「だ、黙れぇぇぇぇ──ッ!?」

ビュ！　ビュン！

シドへ容赦なく双剣の斬撃を繰り出した。

空を斬り迫る電光石火の双閃。

しかし、それをシドは当然のように、ふらりとかわして。

「確かに、〝極め〟の段位に至る際、孤独な個人鍛錬が必要な時はある。だが、お前はその域からはほど遠い。一人で修行したところで非効率だ」

ため息交じりに、指摘した。

「ちゃんと、皆と一緒に切磋琢磨しろ。その方がまだ身になる。人間、格下から学ぶことも多いもんだ」

「黙れと言ってるッ！　一体、お前に何がわかる!?」

相も変わらず掠りもしない自身の剣に腹立ったのか、ルイーゼは悔しげに双剣で何度も地を叩き、吠え猛った。

「私は強くならないといけないんだッ！　我が騎士の誇りに懸けて、この王国でもっとも優れた騎士にならなければならないんだッ！　元々規格外な貴様の戯言に付き合っている暇など微塵もないッ！」

ルイーゼはどこまでも、シドへ完全なる拒絶を叩き付ける。

そんなルイーゼへ、シドは言った。

「なるほど。お前がどういった理由で騎士を目指し、何を背負っているのか……俺にはわからない。だがな、お前が心底、真剣だということはわかる」

「……ッ！」

「だからこそ、惜しい。なぁ、ルイーゼ、試しに俺の指導を受けてみないか？　今のままじゃ鍛えの火の熱が足りない。器のわりに、お前は小さく完成してしまう――」

「断るッッッ！　失せろッッッ！」

シドの鼻先に、ルイーゼの剣先が突きつけられる。

ルイーゼは、もう完全にシドとの会話そのものを拒絶している。

取りつく島がない、とはまさにこのことだ。

これ以上、ルイーゼと関わっても不毛な時間になりそうだ。

「……すまない。邪魔をした。頑張ってくれ」

やれやれと頭をかきながら、シドが踵を返し、再び散策を始めるのであった。

――――。

「しかし……なかなかどうして、現代の騎士もそう捨てたモノじゃない」

湖の周辺を歩きながら、シドが微笑んでいた。

「確かに……伝説時代と比べ、現代の騎士は弱体化した。騎士の掟は忘れ去られ、形骸化している。騎士という肩書きだけ欲し、堕落した者も多い」

シドは鍛錬に参加しているフリをして、密かにサボっている生徒達を目敏く見つけながら、物思う。

「だが、騎士の根本的な魂……誇りみたいなものはまだ脈々と息づいている。ただ、その方向が間違っているだけだ。……なんとかしてやらないとな」

と、その時だった。

「…………」

シドがふと足を止める。

くるりと明後日の方向を振り返り、目を細めて遠くを見据える。

しばらく間、シドはそうやって、明後日の方向を流し見続けていたが。

「……気のせいか」

やがて、そんなことをボソリと呟いて。

首をゴキゴキ鳴らしながら、散策を続けるのであった。

――――。

「フン……少し近づき過ぎたか」

湖周辺の各学級の野営地から、遥か遠く離れて。

魔除けの結界の力が及ぶ範囲から大きく外。

森がつき、連なる岩肌の山の一角。湖を見下ろせる断崖絶壁の渕瀬にて。

そこに、一人の騎士が佇んでいた。

「危うく気付かれるところだった。さすがは《野蛮人》シド……相も変わらず抜け目ないようだ」

全身に黒い鎧と外套をまとった騎士だ。

顔の造作はフルフェイス型の兜に覆われていて、窺えない。

だが、その兜のフォルムや肩の羽根飾りなどは、どこか梟の意匠を思わせる。

そして、何よりもその全身から漲る圧倒的な闇のマナ──まるでその一角だけ、深淵が落ちているかのように幻視される様は、明らかに只者ではない。

彼の騎士は、梟卿と呼ばれし者。

今回、エンデアの王命を受け、シドを始末しに来た、オープス暗黒教団・暗黒騎士団からの刺客であった。

「しかし……シド、か」

梟卿が、ふとその名を呟いた時。

その周辺一帯が暗く沈み、空間がぐにゃりと歪む。

圧倒的な憎悪と憤怒が、梟卿の全身から垂れ流されていく……

「忘れもしないぞ……貴様が僕に喰らわせた怨毒と屈辱の日々は──」

その刹那。

梟卿は、かつての遠い記憶へ思いを馳せる。

ああ、思い出す。

今から約一千年前。伝説時代の情景を──

~~~~。
~~~~

「この度の戦い！　皆の者、よくやってくれた！」

眩(まばゆ)い金色の髪を飾る高貴なる王冠、絢爛(けんらん)たる鎧とマントに身を包んだ美青年——偉大なる我が主君、聖王アルスルの声が響き渡る。

そこは、キャルバニア城、謁見の間。

王に仕える勇壮なる騎士一同が威風堂々と整列し、主君の言葉を静粛に傾聴している。

「我が国を脅(おびや)かす東の蛮族国家(バーバリア)の侵攻から、民を守ることができたのは、ひとえに諸君らの挺身(ていしん)と忠義の賜物(たまもの)である！　主君として心からの賛辞と栄誉を与えん！」

すると、集う騎士達が次々と声を上げた。

「勿体(もったい)なきお言葉！」

「我らが剣は、王のために！」

「王の剣となりて、この国と民草を守ることこそ我らが本望！」

「それこそが、我らがキャルバニア騎士の本懐！」

次々上がるそんな言葉に、我が主君は感極まったように目を潤ませる。

「余は果報者だ……諸君らのような真なる騎士達の忠誠を受けることができて」

そして、一呼吸置いて一同を見回して告げた。

「無論、余は諸君等の忠義に報い、全員に充分なる恩賞を与えよう。して――此度の戦の特級戦功賞だが……もっとも我が国の勝利に貢献した、騎士の中の騎士がいたな？」

そんな王の言葉に、顔を見合わせながら、ざわつく騎士達。

誰もが、〝ああ。それは当然、あの男だな〟――そう言わんばかりの表情で頷いている。

この度の戦で、もっとも誉れ高き戦果を上げた騎士が、誰か？

それは――僕だ。

僕しかいないはずなのだ。

この王国随一の智と勇を兼ね備える僕以外にありえない。

だというのに――

「シド卿……前へ」

王はいつだって、的外れな者を不当に持ち上げる。

完璧にて崇高なる我が主君の唯一の汚点。人を見る目のなさ。あるいは贔屓。

「……はっ」

僕の前を、あの野蛮人が悠然と通っていく。玉座へ向かっていく。

野蛮人が王の前に跪き、頭を垂れる。

いつも通りのあの澄ました横顔が、まるで僕にこう言っているようだ。

〝どうだ？　俺はお前なんか、眼中にないぜ？〟と。

あの涼しげな横顔に、いつだって僕の奥歯は軋む。

あんな男、僕が本気出せば、僕の足元にも及ばないのに——

「やはり、シド卿であるか！」

「当然ですなぁ！　此度もシド卿の活躍は、素晴らしかった！」

「ローガス卿も、ルーク卿も、リフィス卿も素晴らしかったが、やはり、シド卿は一つ抜けておられましたからな！」

「獅子奮迅とは、まさにあのこと！」

「我らも何度、シド卿に命を救われたことか！」

「さすがは《閃光の騎士》！　我が国が誇る《四大騎士》の一翼！」

黙れ。目が腐った愚図共。

貴様らが、そうあの野蛮人を褒めやかし、不当に持ち上げるから、王の目も曇られるというのが、なぜ、わからない？

「シド卿。此度の汝の働き、実に見事であった。汝がいなければ、無能な余は多くの民草と臣下を無為に失うところであった。

その功績を讃え、余は汝に特級戦功賞を与えたいと思う。どうか？」

「いりません」

野蛮人の即答に、俺の腸は煮えくりかえる。

「王の剣となりて、王の道を敷くことこそ我が騎士道ゆえに」

するとそ、王は破顔した。

あの笑みは王としての笑みではない。

ただ一人の友に向ける笑み——いかなる報償にも勝るこの世の至宝だ。

僕が、何よりも渇望していたものだ——

「あはは！　君は相変わらずだなぁ、シド卿！　でも、それはダメだよ。一番活躍した君が受け取ってくれないと、他の皆が受け取れなくて困ってしまうよ」

「……う。まぁ、そりゃそうか」

そんな二人のやりとりに、その場が、どっ！　と盛り上がる。

「がははははっ！　それは確かに困りますなぁ！」

「シド卿！　観念したまえ！」

「そんなに要らぬなら、代わりに私が貰ってやろうか!?」

「うおおお！　アルスル王、万歳！　シド卿、万歳っ！」

笑う。笑う。愚図共が笑う。

なんだ、この寒い空間は？

おかしい。どうかしてる。なぜ、笑っていられる？

真に評価されるべき者が、正しく評価されず、間違った者が分不相応な栄誉と報償を手にしているというのに。

そんなことは、あってはならない。

そんなことがまかり通れば、いずれ国は崩壊する。

偉大なる王よ、あなたはそれを理解してるのか――？

「さぁ、今宵は大宴会だ！　皆で夜明けまで飲んで食べて語り尽くそう！　皆で輝かしき我らの祖国の明日を思い描こう！」

「「「ぉおおおおおおおおおおおおおお――ッ！」」」

そして、王の音頭で始まるいつもの宴会。バカ騒ぎ。

多くの食べ物や飲み物が用意され、吟遊詩人が歌い、踊り子が踊り、道化が笑いを誘う。

そんな空々しい酒宴の中、僕は王と談笑する野蛮人を睨み付ける――

（僕の方がシドより賢い、シドより強い、騎士として優れている、何もかも僕の方が圧倒的に勝っている――ッ！　なのに、なぜだ!?　なぜ、王はシド卿ばかり……!?）

王の隣。

王の無限の信頼を一身に受ける、王一番の騎士の座。

騎士として、最高の栄誉を享受する場所。

あの場所にいるべき騎士は——僕のはずなのだ。

誉れ高きキャルバニア騎士の棟梁にて貴人たる僕の役目であり、あのような、薄汚い蛮族であるはずがないのだ。

なにせ、僕はあの男の本性を知っている。

何しろ、あの男の本性は——掛け値なしの〝悪鬼〟なのだ。

本来ならば、あの偉大なる王の傍に立つに一番相応しくない男。騎士にあるまじき匹夫なのだ。

今でこそ、あいつは騎士の中の騎士のような顔をしているが……僕は知っている。

あいつの正体を。真の顔を。

まさか、あの剣を捨てた程度で、生まれ変わったつもりか？

そんなはずはない。

あいつの本質は、どれだけ時が経とうが悪鬼羅刹なのだ。

存在そのものが、下劣で下賤な野蛮人なのだ。

だからこそ、僕は——あいつを許せない。

あんな男が、この世界でもっとも優れた騎士たる僕より上にいることが許せないのだ。

（《野蛮人》シドめ……お前だけは、いつか、僕がこの手で……ッ！）


～～～。


「…………」

過去を彷徨っていた梟卿の意識が、現代へと帰還する。

そして、改めて魔法の目を使って、遥か彼方からシドの観察を続ける。

「……ふっ、笑ってしまう」

シドを観察していた梟卿が、フルフェイスの奥でほくそ笑んだ。

「何かの冗談かと思ったぞ！　本当にアレが《野蛮人》シド＝ブリーツェか？　たかが一度、死んだ程度であの弱体化ぶり！　やはり、その程度の男か！

最早、すでに勝負は見えた！　やっぱり僕の方が圧倒的に強い！　今も昔も！」

そんな風に、歓喜と愉悦に身体を震わせる梟卿。

だが——

「だが、お前を殺すのは、まだ早い」

ぎり……籠手に覆われた拳が軋るほど握りしめ、梟卿が吐き捨てる。

「お前は、ただ殺すだけでは飽き足らない。お前は知らないだろう……かつて、お前がどれだけ僕の誇りを貶め、傷つけて来たかを」

梟卿の全身から裂帛の怒気が立ち上り、それに気圧された森がざわめいた。

「僕は取り戻す……かつて、お前に奪われた全ての誇りを。お前の騎士としての全てを否定し、一体、誰が、あの御方の一番の騎士であったかを……僕は高らかに証明してみせる……僕の騎士の誇りにかけて……ッ！　はは、はははははっ！」

そう言って。

梟卿は低く笑う。

薄暗い森の中に、闇の深い笑いを垂れ流し続ける。

今、古より醸造されし特濃の悪意が動き出す――

第四章　新しき旋風

各学級（クラス）ごとの午前の修練が終わり、昼休み。

ブリーツェ学級（クラス）の生徒達は、限界まで追い込んだ身体に無理矢理食事を詰め込み、午後からの合同修練に備えて、湖の畔（ほとり）で寝っ転がって休憩を取っている。

そんな、どこか緩やかな一時にて――

「………………」

シドが、ぽつんと一人、湖の岸辺に立っている。

湖の中心には、いつものように小さな中島があり、そこには古びた祠（ほこら）が立っている。

だが、シドはそんな意味深な祠には目もくれず、ただ、じぃ～っと、湖の水面（みなも）を見つめていた。

その水面には、相変わらず無数の妖精剣達が突き立っている。

しばらくの間、シドが何かに憧れるように、その剣達を見つめ……

やがて、何を思ったか、そぉ〜っと、手を剣達へと伸ばす。

その瞬間。


ばしゃんっ！


まるでシドから逃げるように、妖精剣達が一斉に水面下に潜ってしまうのであった。

「……やっぱ駄目か。相変わらず心に来るなぁコレ」

シドは諦めたように苦笑いし、頭をかく。

と、その時だ。

「あ、シド卿」

「何をやっているんですか？」

通りかかったアルヴィンとテンコが、パタパタと近寄ってくる。

すると、シドが少しばつが悪そうに言った。

「あー、以前、俺がその昔、《剣の湖》の妖精剣達に全フラれしたって話はしたろ？」

「そういえば、師匠が私達の学級に来た初日に、そんなことを言ってましたね」

「ああ。だから、今ならどうかなって思ってさ」

そんなシドの言葉に、テンコとアルヴィンがキョトンとする。

「今ならどうかなって……そもそも師匠、剣なんて必要ないじゃないですか」

「そうですよ。シド卿の武器は、極限まで極めたウィルによる徒手空拳。自分自身が剣なんですよね？」

「まー、うん。確かにそうは言ったし、実際、そうなんだがな……」

シドは肩を竦めて軽く嘆息した。

「まぁ、いいか。あれに匹敵する剣もないだろうしな」

「……？」

そんなシドの物言いに、小首を傾げるアルヴィンとテンコ。

「あれ？　師匠？　それだとまるで、昔は剣を使っていたこともあった……みたいに聞こえるんですが……？」

「ん？　剣を使っていたことがあるも、ないも……騎士は剣を使うものだろう？」

シドが意外そうに目を瞬かせて返す。

「俺の真の戦闘スタイルは二刀流。ゆえに《双剣の騎士》とも呼ばれていた」

「「…………」」

それを聞いたアルヴィンとテンコは、たっぷりと十秒沈黙して。

「「えええええええええええええええええええ──ッ!?」」

二人で素っ頓狂な声を上げていた。

「し、シド卿って、剣使うんですか!?」

「……そんなに驚くことか？　俺だって騎士だぞ？　《野蛮人》って二つ名が今に伝わっているなら《双剣の騎士》だって、伝わってると思うんだが？」

そう言えば、アルヴィンが最初にシドと会った時、暗黒騎士ジーザが、シドのことを〝無双の双剣を振るった騎士〟と言っていたし、確かに《双剣の騎士》という二つ名も巷の伝承に流布していたことを思い出す。

「てっきり、僕、シド卿は徒手空拳スタイルで左右の両手を使っていたから、そのように伝わったんだとばかり……」

「えええええ──っ!?　じゃ、じゃあ、なんですか!?　師匠って、剣握ると今以上に強くなるんですか!?」

「まぁ……そうなるな」

「そんなぁああああああああああああああああ──ッ!?」

いつか、シド卿に勝った時、打ち明けたい話がある……以前、そんなことを勢いで誓ってしまったことを激しく後悔するテンコ。

剣を持ってない現時点で、コロコロ転がされているのに、その上、剣など握られてしまっては、もう人生を数回やり直しても届かない気がしてくる。

「あぅあぅあぅあぅ……」

「……テンコ、どうしたんだろ？」

「さぁ？」

涙目で頭を抱えて蹲るテンコを放置し、アルヴィンが続ける。

「でも……だったら、シド卿はどうして今まで剣を使わず、徒手空拳で戦っていらしたんですか？」

「ああ、簡単だ。そこいらの剣を振るうくらいなら、素手の方が強いからだ」

シドは形だけ腰に差している鋼の剣を右手で抜く。

そして、呼吸と共にウィルを軽く燃やし、右手の剣と左手の手刀に稲妻を込める。

稲妻が爆ぜる音と共に、左右の剣と手刀に激しく雷光が明滅していって……

「並の剣では、俺の稲妻とマナ圧に耐えられない。なら素手の方がマシだろ？」

すると宣言通り、右手の剣はみるみるうちにボロボロに崩れていった。

「あ、あはは……鋼の剣が一瞬で燃え尽きて……相変わらず規格外ですね……」

改めてシドの人外さに苦笑しつつ、アルヴィンは続けた。

「あれ？　シド卿は妖精剣には選ばれなかったんですよね？」

「そうだ」

「でも、普通の剣はシド卿の使用に耐えられない……ということは、何か普通じゃない剣を持っていらしたんですか？」

「そんな特別な剣ってわけでもないさ」

何かを懐かしむように、シドが目を細める。

「……俺は、黒曜鉄の双剣を使っていた」

「黒曜鉄……？」

アルヴィンもテンコも、その鉄の名前は聞いたことがある。

通常の鉄と異なり、黒曜石のような黒い金属光沢を持つ鉄だ。

曰く、とにかく恐るべき剛性と靱性に優れ、それで鍛造された剣は、岩をバターのように斬り裂くらしい。

ただ、特筆すべきはその希少さ、そして、加工の超絶的な難しさだ。

現代では、その鍛造方法・加工技術は、巨人族の間においても失伝し、黒曜鉄は何にも利用できない、ただのクズ鉄の烙印を押されてしまっている。

言い伝えによれば、黒曜鉄は天空を飛来する稲妻を打ち落としてのみ、鍛えることができるとされているのだが――

「ま、伝説時代といえど、黒曜鉄の剣を使っていたのは、俺くらいのもんさ」

シドが肩を竦める。

「黒曜鉄と聞けば大層なもんに思えるが、要は〝とにかく頑丈な剣〟ってだけだ。妖精剣のように魔法が使えたり、身体能力が向上するわけじゃない。

だが……それでも、あれだけが唯一、俺の稲妻に耐えられる剣だった」

そう語るシドは、どこか遠い目をしていた。

「……シド卿にとって、大事な剣だったんですね？」

「どうかな……」

なぜか、曖昧に答えるシドに違和感を覚えつつも、さらにアルヴィンが問う。

「その剣は、結局、どうしちゃったんですか？」

そんなテンコの問いに、シドが応じる。

「…………」

すると、シドはしばらくの間、押し黙り、戯(おど)けたように答えた。

「ある時、ちょっと目を離していた隙に、悪戯妖精(グレムリン)に盗まれた」

「えええええええ!?　そんな大事な剣を盗(と)られちゃったんですかぁ!?」

テンコが、ぎょっとして声を張り上げる。

悪戯妖精(グレムリン)とは……蝙蝠(こうもり)の翼、尖(とが)った尻尾、毛むくじゃらの小さな身体(からだ)に、ギョロッと大きな目がチャーミングな、妖精の一種である。

人に対して明確な悪意を持つ妖魔ではなく、むしろ友好的な方とさえ言えるが、とにかく悪戯妖精(グレムリン)はその名の通り、生まれついての悪戯(いたずら)好きだ。

水筒や靴に穴を開ける、背中に虫を入れる、勝手に玄関先の呼び鈴を鳴らす……等といった、人に対する小さな悪戯が大好きで、人間の持ち物を、きまぐれに盗んでいってしまう困った悪癖がある。

「いやぁ、さすがにアレは失敗だったなぁ」

「そ、そうですよぉ！　そんな貴重な剣を悪戯妖精(グレムリン)ごときに盗まれちゃうなんて！」

そんな風に、シドとテンコが言い合っているのを尻目に。

アルヴィンは気付いていた。

（シド卿(きょう)……どうして、嘘(うそ)を……？）

そう。いくらなんでも、〝愛用の剣が悪戯妖精(グレムリン)に盗まれて失われた〟なんて話は嘘だ。

なぜなら……

アルヴィンがとある疑問を、シドへぶつけようとすると。

『こ、黒曜鉄の剣なら……あるよ……？』

不意に、そんな声が湖の方から聞こえた。

「⁉」

シド達が振り返ると、そこには恥ずかしそうに水面から顔を見せる妖精剣と……その妖精剣を抱きしめる、半透明の小さな少女達の姿があった。

「ほう？　妖精剣が本来の姿を見せるとは。珍しいこともあるもんだ」

「うわぁ、可愛い！」

「あ、あれが私達が使ってる妖精剣の正体なんですか⁉」

テンコが、自分の妖精剣と水面上の妖精剣を見比べて頬を緩める。

「ええと……君？　黒曜鉄の剣があるって言ったけど……それはどういうことかな？」

アルヴィンがそっと近づき、片膝をついて、妖精剣の少女達と視線の高さを合わせる。

すると、妖精剣の少女達が口々に答えた。

『……うん……言葉の通り……』

『この階層には……ずっとずっと大昔から……黒曜鉄の剣がある……』

『本当に、ずっと、ずっと昔……私が剣になるよりも前から、ずっと……』

「本当かい？　それは一体どこに？」

『この湖に水をくれる山の上……』

『怖い、怖い妖魔が住んでる、あの山の上……』

妖精剣の少女達が、すっと遠くを指差す。

そこは、この海のように広い湖の向こう岸――その先に鬱蒼と茂る大森林を越えて、さらに先にある山々の、一際高く目立つとある山の頂上のようであった。

『あの山の天辺……』

「……なんか……滅茶苦茶遠いですね」

「よ、余裕で魔除けの結界の範囲を超えています。これは拾いに行くのは不可能かと」

目を細めて頰を引きつらせるアルヴィンとテンコ。

すると。

「ふうん？　そんな場所に剣があるのか？　詳しく聞かせてくれないか？」

不意に、シドが妖精剣の少女達へ近付いて、声をかける。

すると。

ぼっ！　突然、妖精剣の少女達は顔を真っ赤にして。

ばしゃんっ！　一斉に、シドから逃げるように湖の中へ消えてしまうのであった。

「おっと。俺が妖精剣達に嫌われているのを忘れてた」

シドが大仰に肩を竦めた。

「いやぁ、残念だ。妖精剣が真の姿で人前に現れるなんて滅多にないのに。これで剣の話が聞けなくなってしまったな。俺が嫌われてなければなぁ」

「うん……うん……？」

「き、嫌われてる……？」

一方、アルヴィンとテンコは、シドの物言いに奇妙な違和感を覚える。

さっきの、妖精剣達のあの反応はどう見ても……

「「…………」」

アルヴィンとテンコは示し合わせたように湖へ歩み寄り、水の中に顔を入れてみる。

すると、そこには……

『きゃーっ！　きゃーっ！　あの素敵な騎士様、誰⁉　誰⁉』

『なんて力強いマナと魂の持ち主……ッ！　憧れちゃう……ッ！』

『しかも、フリーの騎士様よ⁉　フリーッ！』

『私、あの人の剣になりたぁい……ッ！　で、でも……ッ！』

『無理無理無理無理ッ！　そんな恐れ多いこと！　私達ごとき
の剣格じゃ全っ然、あの騎士様には釣り合わないッ！』

——などと。

そんな事を大騒ぎして言い合っている、神霊位の妖精剣達の姿が。

「「…………」」

ちゃぷん……ちゃぷん……

アルヴィンとテンコは顔を上げ、互いにジト目で顔を見合わせる。

そして、しばらくして、後ろにいるシドへと振り返る。

「ん？　どうした？」

「「この妖精たらし」」

「……なぜ？」

心底、不思議そうな顔をするシドであった。

「で？　シド卿、どうしますか？」

「どうするとは？」

アルヴィンの問いに、シドが首を傾(かし)げる。

「妖精達の話によれば、あの山の頂上付近に黒曜鉄の剣があるらしいじゃないですか」

「あ、そうですね！　ひょっとしたら、その剣、悪戯妖精(グレムリン)に盗まれたという師匠の剣かもしれませんよねっ⁉」

「僕達じゃ無理ですけど……シド卿なら取りに行くことだって……」

そんなアルヴィンの提案に、シドはしばらく押し黙って。

やがて。

「いや、いい」

そんな風に穏やかに首を振った。

「俺の剣は、悪戯妖精(グレムリン)に盗まれたんだ。あの剣は、もう戻って来ない」

「で、でも……もし違う剣だったとしても、貴重な黒曜鉄の剣ですよ⁉」

テンコが慌ててシドへ詰め寄り、申し立てる。

「もし、入手すれば、必ずやシド卿の力に……ッ！」

すると。

不意に、シドがテンコの頭をくしゃりと撫(な)でた。

「わふ!?」

顔を真っ赤にして耳をピンと立てるテンコを尻目に。

「お前が俺のためを思って言ってくれているのはわかる。ありがとうな」

シドは件の山を流し見る。

「だが、今の俺に剣は必要ない。安心しろ。どこぞの出所不明な剣などに頼らずとも、お前達やこの国を守ってみせるさ」

「そう……ですか……」

どこか納得いかなそうだが、シドがそう言うなら、テンコは引き下がるしかなかった。

だが、アルヴィンには、なんとなくわかる。

（やっぱり、シド卿は……何か隠している……）

一体、どうして、シドはあの山頂の黒曜鉄の剣を拒絶するのか。

そもそも——伝説時代のシドはなぜ、妖精剣に選ばれなかったのか？

（おかしい……確かに、さっきの妖精達の反応から察するに、シド卿に釣り合う剣格の剣がなかったから……というのは、一応、わからなくもない。

でも、現代の妖精剣より、伝説時代の妖精剣の方が強かったという話は聞く。なら、当時の妖精剣達の反応もあのように好意的なものなら……じっくり時間をかけてよく探せば……必ずシド卿を選んでくれる妖精剣はいたはずだ。

なのに、伝説時代の、シド卿は、なぜ、妖精剣に選ばれなかったんだ？）

アルヴィンには皆目見当もつかない。

だが……

「…………」

シドが、どこか遠い目で件の山を眺めているその横顔を前にすると、何も問い詰められなくなってしまう。

「……さて。そろそろ、昼休憩も終わりだ」

やがて、思い出したようにシドが踵を返した。

「午後の合同修練が始まるぞ。昼寝している連中を叩き起こして、さっそく集合だ」

「は、はい……」

こうして。

剣については、どうにもうやむなまま、解散の運びとなるのであった。

――――。

妖精界合宿、午後の部の時間になる。

午後からは、四学級（クラス）合同で訓練が行われる手筈（てはず）になっている。

端的な事実のみを言えば、シドが教官を務めるブリーツェ学級（クラス）は、伝統三学級（クラス）であるデュランデ学級（クラス）、オルトール学級（クラス）、アンサロー学級（クラス）の教官騎士や生徒達に、よく思われていない。

ブリーツェ学級（クラス）そのものが、キャルバニア王立妖精騎士学校の伝統を著しく破壊するイレギュラーな存在である上、ブリーツェ学級（クラス）を構成する生徒達全員が、地霊位（アッシャー）という低剣格の妖精剣しか引けなかった〝落ちこぼれ〟だからだ。

実際、当初その〝落ちこぼれ〟学級（クラス）は、正しくその言葉が体現する通り、何をやっても他学級（クラス）に及ばない、雑魚（ざこ）の集まりだったのである。

だが、そんな〝落ちこぼれ〟達は、シド＝ブリーツェと名乗る変な騎士が教官として着任するや否（いな）や、もの凄（すご）い勢いで頭角を現し始めた。

最近では、定期的に行われる模擬戦では、伝統三学級（クラス）はブリーツェ学級（クラス）に、まったくと言っていいほど勝てなくなってしまった。

そして、伝統三学級ですら達成困難な難易度の課題をガンガンこなし、戦果や実績を上げ続けている。

自分達の方が選ばれたエリートであると思っていた伝統三学級の生徒達にとっては、面白くないどころの話ではない。最早、自分達の立場を脅かす恐怖だ。

無論、アルヴィン達も自分達が、伝統三学級の連中によく思われていないことを、知っている。

だから、この合宿における四学級合同訓練と聞いて、嫌な予感がしていたのだ。

そして、その予感は、見事的中することになる——

「……妖魔掃討？　四学級合同で？」

湖から少し離れた、森の中。

そこにぽっかりと開けた野原に集合整列した全生徒達の前で。

シドは、伝統三学級の教官達の提案に、ふむと頷く。

「ええ、合宿初日の湖周辺における妖魔掃討は、例年の伝統なのです」

アンサロー学級の筆頭教官騎士——妙齢の三つ編み女性マリエが言った。

「ああ、そうだ。これから一ヶ月間、俺様達は共同でこの湖周辺で過ごすだろ？　安全の確保は最優先だよな?」

デュランデ学級の筆頭教官騎士——粗暴そうな大男ザックも鼻を鳴らして続ける。

「湖周辺に張られた、魔除けの結界の効果は、湖から離れるほど減少します」

オルトール学級の筆頭教官——片眼鏡の青年クライスが、あからさまに憎々しげな表情でシドを睨みつつ、補足する。

「この魔除けの結界は、強力な妖魔に対してより大きな力を発揮する術式ゆえ、湖に近いほど弱い妖魔が、湖から遠くなるほど強い妖魔が出現することになります」

「ああ、なるほど、わかった。了解」

合点がいったシドが、ぽんと手を打ち鳴らす。

「つまり、湖周辺に出没する弱い妖魔を、さっさと討伐して、これからの合宿を安全に行えるようにしようってことだろ? それを生徒達にやらせるという寸法か」

「ええ、その通りです」

クライスが高慢に鼻を鳴らす。

どうやら、クライスは以前の交流試合で自分達がブリーツェ学級にまんまとしてやられてしまったことを根に持っているらしく、シドに対する嫌悪を隠そうともしない。

それはクライスだけではなく、マリエやザックも同じのようだ。

シドに対する態度はどこかよそよそしく、刺々しい。

だが、シドはそんな筆頭教官騎士達の敵意をまったく気にせず、あっさり言った。

「なるほど、良い伝統だ。対妖魔戦の実戦訓練にもなる。早速やらせよう」

シドが乗り気でそう応じると。

「でも……ただ、普通に生徒達に妖魔掃討をさせても面白くありませんよね？」

クライスが挑発するようにシドへ言った。

「勝負しませんか？」

「……ん？　勝負？」

すると、クライスは懐から一冊の冊子を取り出し、それをシドに突きつける。

シドはそれを受け取ると、パラパラとめくり始めた。

ページごとに書いてある絵と文字を読み上げていく。

「なになに？　黒妖犬1点……赤帽鬼3点……小鬼妖精2点……水棲馬7点……うーん……なんだこりゃ？」

「それは、この階層に生息する妖魔と、その危険度に応じた討伐戦果評価点をまとめたリストです」

「つまりだ。各学級ごとに狩った妖魔の合計点数を競うわけだ」

「やはり競い合いこそが、互いを高める秘訣でしょう？」

そんなことをぬけぬけと言って来る教官騎士達。

「ふむふむ」

教官騎士達の言葉を適当に聞き流しながら、シドは冊子をどんどんめくっていく。

そんなシドへ、クライスやマリエが続ける。

「そして、見事、この勝負で勝利した学級の教官騎士は、もっとも指導力に優れた教官騎士……ということになりますよね？」

「ゆえに、今年の合宿は、その教官騎士を私達の総監督とし、全生徒達の指導を統括する……という方針にしたいと、我々は結論したのですが、いかがでしょうか？」

「……なっ⁉」

そんな教官達の話を聞いていたアルヴィンは愕然とした。

「ちょ、ちょっと待ってくださいっ！　そ、それは――」

その勝負のルールには、致命的な不公平があることに気付いたのだ。

「た、確かに、そのルールですと、わたくし達は……ッ！」

「フン、馬鹿馬鹿しい。……教官、そんな勝負、乗る必要はない」

「そ、そうですよぅ……そんなズルい勝負……」

同じく、エレイン、セオドール、リネットが、抗議の声を上げようとすると。

「面白い勝負だ。それでいこう」

そんな暇もなく、シドが速攻で乗ってしまっていた。

「「「ぁあああああああああ、もぉおおおおおおおお——ッ!?」」」

頭を抱えるしかないアルヴィン、エレイン、セオドール、リネットである。

ちなみに。

「「？・？・？・」」

テンコ、クリストファーの二人は、そんなアルヴィン達の反応に不思議そうに首を傾げるだけだった。

「あ、一応、その前に確認。このリストに載っている妖魔以外は戦果対象外か？」

ひらひらと冊子を振るシド。

「何を言ってるんですか？　当たり前でしょう」

「つまり、このリストに載っている妖魔の討伐戦果で勝負する、と」

「だから、さっきから何を当たり前なことを」

「ＯＫ。勝負決闘は騎士の華。互いに正々堂々とやろうぜ」

楽しそうに笑うシド。

「どうなっても知りませんよ……?」

ため息を吐(つ)くアルヴィン。

こうして、合宿初日の午後。

四学級(クラス)による妖魔掃討競争という思わぬ勝負が始まるのであった――

――。

妖魔掃討は、十三時から十八時の間にかけて行われることになった。

その内、十五時から十六時からの一時間は、休憩と全学級(クラス)の中間経過報告も兼ねて、拠点に一度集合することになる。

あまり戦力を分散させると危険なので、六人一チームでの行動が義務づけられた。

そして、どの学級(クラス)が、どの妖魔を、どれだけの数、撃破したかがわかるよう、そのチームごとに、伝令妖精(メッセンジャー・ピクシー)を監視につけた。

この伝令妖精(メッセンジャー・ピクシー)達は、今回の合宿に裏方役で随行した《湖畔の乙女》の半人半妖精(ニミュエ)が魔法で召喚してくれたものだ。

この妖精には、術者の命令に従って正確な情報伝達を行うと共に、その行為に嘘(うそ)が吐けないという性質がある。

つまり、伝令妖精（メッセンジャー・ピクシー）が監視につく以上、何らかの誤魔化しで戦果を水増しするというイカサマ行為はできなくなるのだが……

「しかし、参ったね……このルールだと……」

アルヴィンがため息を吐きながら、拠点で妖魔掃討の準備をしていると。

「なんだ？　アルヴィン。お前、まだ自分達が、地霊位（アッシャー）の妖精剣であることに気後れしているのか？」

シドが、そんなアルヴィンの肩をぽんと叩（たた）いていた。

「そうですよ、アルヴィン！　今の私達は以前までの私達と違うんです！」

「ああ、教官のおかげで、俺達はかなり強くなってる！　たとえ、他学級（クラス）の連中が俺達以上の剣格の妖精剣を持っていても、そう簡単に負けねーっ！」

テンコとクリストファーもやる気満々の表情で口々に、アルヴィンを励ます。

どうやらこの二人。未（いま）だこの勝負の穴に気付いていないようであった。

「はぁ……バカの巣か、ここは」

「言わないであげてくださいまし」

クリストファーとエレインが深いため息を吐いた。

と、そんな風に、ブリーツェ学級(クラス)の面々が三者三様の様子で出撃準備をしていると。

「……アルヴィン」

そんな一同の前に、二人の生徒がやって来るのであった。

「君達は……オリヴィアに、ヨハン？」

突然の訪問に、アルヴィンが目を瞬(しばたた)かせる。

デュランデ学級(クラス)の一年学級(クラス)長オリヴィア。

アンサロー学級(クラス)の一年学級(クラス)長ヨハン。

先の四学級(クラス)合同交流試合で、ブリーツェ学級(クラス)の面々と直接対決することはなかったが、二人とも精霊位(ベリアー)という高剣格妖精剣に選ばれたエリートだ。

実際、交流試合では、二人ともその高い実力を周囲に見せつけており、特にヨハンはその年の最優秀新人賞に選ばれている。

「……どうしたんだい？　僕に何か用かい？」

すると、ヨハンがアルヴィンへ噛(か)み付くように言った。

「宣戦布告だ。俺は絶対に……お前達には負けない」

「！」

「お前達は最近、飛ぶ鳥をも落とす勢いだが、俺達にだって精霊位(ベリアー)としての誇りがある。

お前達のような、たかが地霊位どもの後塵を拝するわけにはいかない……ッ！」

「そうよ！　あなた達のこれまでの活躍は偶然に決まってるわ！　この妖魔掃討で、必ずそれを証明してやるわ……ッ！」

そんな風に、一方的に言いたいことをまくし立てて。

アルヴィンの返答を聞くまでもなく、二人は足早に去って行くのであった。

「か、感じ悪いですね……」

「な、なんか……鬼気迫る感じで怖いですぅ……」

ジト目のテンコに、ガクブル震えるリネット。

傍から見ていたクリストファーやセオドール、エレイン達も、この妖魔掃討に漂う不穏な空気を感じ取り、苦々しく押し黙る。

「いやぁ、いかにも青春、青春って感じでいいな。いいぞ、もっとやれ」

ただ、シドだけがいつも通りであった。

「思えば、昔、俺達にも、あんな若く迸るような頃があった……まぁ、若く迸るあまり、あんな風に宣戦布告したついでに、ブスッと一撃刺したりもするが」

「ついでにやることですかね!?　それ！」

「戦う前に勝てば、勝つからな」

「相変わらず修羅ですね！　伝説時代！」

「まぁ、俺はやらんかったぞ？　だが、そういう血気盛んな騎士はたくさんいたのさ」

「血気とかそういうレベルの話かよ！　殺意がダダ漏れじゃねーか!?」

「コレだから伝説時代は……ッ！」

呆れる一同。

と、そんな温く弛緩した空気を味わっていると。

合宿場の本営に臨時設置した簡易鐘楼の鐘が、一つ大きく鳴らされる。

午後の一つ鐘──即ち十三時。

妖魔掃討競争の開始合図だ。

「お、ついに開始か。というわけで、がんばれ、お前達」

「……は、はい……」

シドに見送られて。

アルヴィン達は、森の奥へと駆けて行くのであった──

──。

この妖魔掃討勝負のルールは、不公平。

アルヴィンの見立ては、すぐに現実のものとなって、ブリーツェ学級(クラス)に牙を剝(む)いた。

ざざざざざざ――ッ！

薄暗い森の中に、下生えを踏み荒らす少年少女達の疾走音が響き渡る。

「居た！　食人樹(トレント)だッ！」

「戦果評価点、５点ッ！　いただきですわ！」

クリストファーとエレインが、剣を構えて疾走する先に巨大な木がある。

その樹木は、無数の枝と根の手足を持ち、太い幹にゾロリと牙の並ぶ大口が開いている。

食人樹(トレント)。

植物の妖精が妖魔化した存在であり、近付く人間をその枝の腕で捕まえ、貪り喰(く)ってしまうという、大変危険な妖魔だ。

「へへっ！　俺が伐採して薪にしてやるぜっ！」

だが、先行して駆け抜けるクリストファーは憶さない。

ウィルを燃やしてマナを足に通し、加速――猛然と食人樹(トレント)へ突き進む。

が――

「ふふ、お先に。ごめんあそばせ」

「な――ッ⁉」

エレインが足にウィルを込め、クリストファーを一気に追い抜き、突き放す。

あっという間に置いていかれたクリストファーが悲痛に叫ぶ。

「くそぉ――っ⁉　パワーはともかくスピードじゃ勝てねぇえええ⁉」

「おーっほっほっほっ！　それでは、このわたくしが華麗に仕留めてさしあげ――」

と、エレインが勝ち誇った――その瞬間。

びゅごお！

そのエレインの脇を、何者かが疾風（はやて）のように駆け抜け、さらに追い抜いていった。

「追い風立たせよ（テイルウィンド）！」

緑の妖精魔法【疾風】で、激風を纏（まと）って超加速したアルヴィンだ。

森の木々の隙間を華麗に縫うように、まさに疾風のごとく駆けていく。

さらに――

「爆ぜて共に踊れ！」

どんっ！

上がる爆炎と共に、テンコが地を這うような高速飛行でアルヴィンに追随する。

赤の妖精魔法【炎舞脚】。

踏み込みの蹴り足の裏に、指向性の爆発を起こし、それを推進力に移動速度を超加速する魔法——最近のテンコの得意魔法である。

小回りの利く俊敏な速度を得意とするアルヴィンに対し、瞬間速度・最高速度に優れるテンコという感じだ。

「ちょ⁉ それはズルいですわ、二人ともぉおおおぉぉぉ⁉」

そんなエレインを遥か後方へ置き去りに。

食人樹狩り競争は、アルヴィンとテンコの一騎打ちとなる。

「はぁ——ッ！」

「いいいやぁあああああ——ッ！」

——だが。

二人が、後もう少しでその刃（やいば）を食人樹（トレント）へ届かせる——まさにその瞬間だった。

ザグッ！

二人の目の前で、食人樹（トレント）が何者かの斧（おの）によって根元から両断されていた。

「な——」

「あ、あなたは——ッ!?」

斬り倒された食人樹（トレント）の向こう側に現れたのは——

「へへっ……これで5点だなぁ……？」

斧の妖精剣を横に振り抜いた格好の、ガラの悪い金髪少年——デュランデ学級（クラス）の一年従騎士（ファースト・スクワイア）ガトであった。

ガトは、先の四学級（クラス）合同交流試合で、まだウィルに目覚めていなかったテンコを不必要なまでに痛めつけた悪辣な少年だ。

その時のことを思い出したテンコが、露骨に嫌そうに顔をしかめた。

「くっ……何しに来たんですか……ッ!?」

「何って、妖魔狩りだろ？　妖魔狩り……へっへっへ」

　ガトが嫌らしく笑うと、ガトのチームメンバーであるらしい生徒達が、ぞろぞろと森の奥から姿を現す。

「やるじゃねーか」

「ひひひっ、さすがガトさん」

「おお、ウェインにラッド。お前ら遅(おせ)えよ。もう俺が仕留めちまったっつーの」

　まるでこれ見よがしに、そんなやり取りを始めるガト達。

　するとその間に、エレインやクリストファー、やや遅れてセオドールやリネットもその場に駆けつける。

　互いに状況は察したのか、場は即座に睨(にら)み合いの一触即発状態となった。

　テンコが耳をピン！　と怒らせて、鋭い八重歯を剝(む)き出しに叫ぶ。

「い、今の食人樹(トレント)はどう見たって、私達の獲物だったでしょう⁉」

「は？　ルール聞いてねえのかよ？　バカ狐(ぎつね)。早いもん勝ちだろうが？」

「な、なんですって、この――」

　頭に血が上ったテンコが、反射的に刀の柄へと手をかける。

「……やめるんだ、テンコ」

　だが、そんなテンコの腕を、アルヴィンが摑(つか)んだ。

「今のは君達の得点だ。こちらに争う気はない」

「ああ、俺達もだぜ？　何せ、生徒同士の戦いはルール違反……ルールは守らねえとなぁ……？　ルールはよぉ……？」

そんな煽るようなガトの物言いに、ブリーツェ学級一同、悔しげに押し黙る。

「じゃ、今後も正々堂々とやろうぜ？　な？　ぎゃはははははは——っ！」

そう言い捨てて。

ガト達は、その場を去って行くのであった。

「……クソッ！　また、やられた！」

ガト達が消えた後、クリストファーが大剣で、がんっ！　と地面を叩く。

「あいつらだけじゃねえ！　これで何度目の横取りだよ⁉」

「……案の定、完全にマークされてるな、僕達」

セオドールが、ため息交じりに眼鏡を押し上げる。

明らかに、デュランデ学級も、オルトール学級も、アンサロー学級も、ブリーツェ学級のチームに先回りしている。

そして、ブリーツェ学級が発見した獲物を、寸前でかっさらっていく。

「そうだ。この勝負が不公平なのは……単純な頭数の差だ」

セオドールが淡々と一同を見回した。

ブリーツェ学級(クラス)は今期から発足した、新しい学級(クラス)だ。

ゆえに、生徒数は、まだたったの六人しかいない。

だが、他の伝統三学級(クラス)は違う。

どのクラスも、四十人近い生徒達が在籍している。

つまり、一チーム六人で行動するとなれば、その数は約六倍。

単純に妖魔との遭遇確率も六倍。六倍近い得点チャンスがある。

その上、その一部を自分達のマークにつけられてしまっては、勝負にならない。

「確かに、今の僕達の個々の戦力は、あいつらに勝っているはずだ。でも、この勝負は妖魔掃討……個々の戦力よりも単純な頭数が大きく効いてくる……」

そんなセオドールの説明に。

「くぅ……ッ⁉　この勝負に、そんな落とし穴があったなんて……ッ⁉」

「まったく気付かなかったぜ……ッ！」

「気付けよ⁉　気付け！　最初から火を見るより明らかだったろ、このバカ組！」

悔しげに震えるテンコとクリストファーに、セオドールは義務のように突っ込みを入れるのであった。

「しかし、参ったね……」

「ああ。このままじゃ、僕達の合宿は滅茶苦茶になる」

アルヴィンとセオドールが、共にため息を吐く。

「え？　それって、どういうことなんですか？」

「テンコ。この妖魔掃討競争で勝った学級の教官は、今回の合宿に参加する全生徒達の総監督を務めることができるんだよ？」

「全体の指導方針や訓練内容は、その総監督が牛耳る。つまり、最悪、僕達には何も訓練させない……食料調達や洗濯などの雑用だけに専念させる……みたいなこともできる」

「まぁ、どう考えても、それがあの教官達の狙いでしたわね」

そんなアルヴィン、セオドール、エレインの言葉に。

「なぁ……ッ!?　そんな狙いがあったなんて卑怯ですよ……ッ！」

「まったく気付かなかったぜ……ッ！」

「気付けよ!?　気付け！　最初から火を見るより明らかだったろ、このバカ組！」

悔しげに震えるテンコとクリストファーに、セオドールは義務のように突っ込みを入れるのであった。

「じゃ、じゃあ、なんで教官はこんな勝負を受けちまったんだ!?」

「ま、まさか……師匠も私と同じで、気付いてなかったんじゃ……ッ!?」

テンコが震えていると。

「や。さすがに、お前の頭と一緒にするのはやめてくれ。末代までの恥だ」

頭上から、そんな苦笑交じりの声が降って来る。

見上げれば、頭上の木の枝にシドが寝そべり、アルヴィン達を見下ろしていた。

「シド卿(きょう)!?」

「まったく……黙って見てりゃ、お前達はこんなところで何をやってるんだ?」

呆(あき)れたようにぼやくシド。

「な、何って……妖魔掃討を……」

「でもでもっ! 他の学級(クラス)に邪魔されて、うまくいかないんですぅ〜っ!」

涙目で泣き言を言うリネットに、他の生徒達も押し黙るしかない(ちなみに、テンコは〝末代までの恥になるレベルなんだ……〟と、膝を抱えて蹲(うずくま)っていた)。

すると。

「そりゃ、こんなところを狩り場にしてるからだろうが」

シドが件(くだん)の戦果評価点の冊子を取り出し、パラパラめくっていく。

そして、とあるページを、ビッ! と千切って、アルヴィン達へ落とした。

「お前達の獲物は、コイツに決まってるだろ？」

アルヴィンがひらひら落ちてくるページを受け取って、内容を覗(のぞ)き込む。

他の生徒達も、アルヴィンの後ろや脇に集まって、その内容を覗き込む。

そして——そこに書かれている妖魔の情報を見た瞬間。

「「「「「「はぁああああああああああああああ——ッ!?」」」」」」

森の中に、素っ頓狂な声が六つ響き渡るのであった。


——————。


森の中に、午後の三つ鐘——十五時を告げる鐘の音が響き渡る。

妖魔狩りの前半戦が終了し、各学級(クラス)の全生徒が途中経過発表のため、拠点の広場へと集合していた。

この妖魔狩りの本営で待機していたクライスは、ほくそ笑む。

「最近、小癪(こしゃく)にも力をつけてきたブリーツェ学級(クラス)ですが……頭数が必要なこればかりは、個々の武勇ではどうしようもないですからね……」
それに、クライスが率いるオルトール学級には、神霊位妖精剣持ちのルイーゼがいる。
凍気を操り広域を攻撃できる彼女の妖精剣は、撃破数を競うこの手の戦いに有利だ。

つまり、これは最初から勝敗が決まっている勝負。報告が実に楽しみであった。

「これでいい……ブリーツェ学級め……ッ！　以前の交流試合で味わわされたあの屈辱……今日、ここで晴らしてやります……ッ！」

一応、他学級の教官騎士達との裏協定によって、どの学級が勝利しても、ブリーツェ学級には屈辱の一ヶ月間を過ごしてもらうことが決まっている。

一ヶ月もの長い期間、ブリーツェ学級を奴隷のようにコキ使い、騎士として無意味な時間を過ごさせてやることこそ、シドに対する最大の復讐。

「ククク……アハハハ……ッ！　この私をコケにするからですよ……ッ！」

そう胸中で笑うクライスの前で、今、続々と各学級のチームが帰還している。

そして――

一番最後になって、ブリーツェ学級の生徒達も帰還してくる。

と、その時、クライスがふと気付く。

（な、なんでしょうか、連中のあの姿……？　なぜ、あれほど、ボロボロで疲れきっているんでしょうか……？）

アルヴィン以下、ブリーツェ学級の全生徒が、特に大怪我をしているわけではないが、全身泥まみれで、その従騎士装束がボロボロにほつれていた。

そのみっともない格好を見て、他学級の生徒達がクスクスと笑う。

「この一帯に、そこまで苦戦を強いられる妖魔はいないだろうに……」

「どうやら、今までの快進撃は偶然だったみたいだな……」

「しょせん、掃き溜めクラスか……」

クライスの胸裏も似たようなもので、密かに笑うしかない。

絶対的勝利を確信し、クライスは中間発表を促した。

「それでは、各学級を監視していた伝令妖精よ！　各学級が倒した妖魔の数と総得点を集計し、報告しなさい！」

まず、答えたのは、アンサロー学級を監視していた伝令妖精だ。

『アンサロー学級、討伐数24。総得点72点』

おおお、と他学級から声が上がる。

例年から判断すれば、中間報告の時点でこの得点はかなりの好成績だ。

「なるほど、大物と小物をバランス良く仕留めていったようですね。諸君らの健闘を讃えましょう。さぁ、次」

　すると、次に答えたのは、デュランデ学級(クラス)だ。

『デュランデ学級(クラス)、討伐数19。総得点74点』

　デュランデ学級(クラス)もかなり良かった。

「討伐数のわりに得点が高いということは、積極的に大物狙いですね。よろしい、次」

　すると、オルトール学級(クラス)の伝令妖精(メッセンジャー・ピクシー)も答える。

『オルトール学級(クラス)、討伐数42。総得点98点』

　その報告に場がざわめく。

「98点……？　マジかよ……？」

「す、すげぇ……オルトール学級(クラス)すげぇ……」

「噂(うわさ)では、ルイーゼが一人で二十匹くらい狩ったらしいぜ……？」

「さ、さすが、神霊位(アツィルト)……これは、今年の勝負は決まったか……？」

　誰もが、堂々と佇(たたず)むルイーゼへ、尊敬と羨望(せんぼう)の目を送る。

「……フン」

　当のルイーゼは、さも当然と言わんばかりに、腕を組んで鼻を鳴らしていた。

　そんなルイーゼを、オルトール学級(クラス)の教官クライスも賞讃(しょうさん)する。

「さすがはルイーゼ！　その選ばれし神霊位（アツィルト）の名に恥じぬ武勇！　実によろしい！」

やっぱり、神霊位（アツィルト）妖精剣の力は、他者の追随を許さない。

先の交流試合でアルヴィンに後れを取ったのは、やはり何かの間違いか偶然だったのだ……そんな雰囲気が、辺りに蔓延（まんえん）していく。

何はともあれ、現在、オルトール学級（クラス）が圧倒的にトップ。

この結果に大満足し、クライスがほくそ笑む。

そして勝ち誇った顔で、最後の報告を促した。

「では、最後に。ブリーツェ学級（クラス）、報告しなさい」

すると。

ブリーツェ学級（クラス）の頭上についていた伝令妖精（メッセンジャー・ピクシー）が飛び上がり、高らかに報告する。

『ブリーツェ学級（クラス）、討伐数1……』

討伐数1。

その数字に、他学級（クラス）の生徒達が小馬鹿にしたようにクスクス笑って。

クライスも最早（もはや）、ほくそ笑むのを隠せなくなる。

だが——次の瞬間。

『……総得点２００点』

そんな伝令妖精(メッセンジャー・ピクシー)の報告に。

しん……その場が静まりかえる。

「……は？　に、２００……？」

あんぐりと口を開けるクライス。

「……な……」

自分こそが一番の戦果を上げたとタカを括(くく)っていたルイーゼも絶句する。

その思いは他学級(クラス)の教官騎士……マリエとザックも同じだったらしく、似たり寄ったりな表情で硬直していた。

「い、いや……さすがに何かの間違いでしょう？　それは……」

『ブリーツェ学級(クラス)の得点は２００点です。報告を終わります』

そう言って、伝令妖精(メッセンジャー・ピクシー)達はペコリと一礼をして、消えていくのであった。

ざわ、ざわ、ざわ……

嘘(うそ)だろ？　信じられない……一体、どうやって……？

そんな感情が嵐のように渦巻く中で。

「し、し、シド卿ぉおおおおお——ッ⁉」

クライスがシドへと詰め寄る。

「あ、あああ、あなた、一体、何をしましたッ⁉　どんなイカサマを……ッ⁉」

「いや、イカサマなんてしてないぞ」

シドがパタパタと手を振る。

「し、しかしっ！　こんなの有り得ないッ！　有り得ないッ！」

「いや、しっかりコレに書いてあったし」

ピッ！と。シドがクライスへ向かって、戦果評価点の冊子から破り取った、とあるページを突きつける。

それをひったくるように受け取って、クライスが覗き込むと。

そこに記載されていた妖魔の絵と名は——

〝キリム〟戦果評価点：２００点
「き、き、キリムぅうううううううううう——ッ⁉」

「「「はぁああああああああああああああああ——ッ⁉」」」

クライスの驚愕に、生徒達の叫びがアンサンブルする。

「ま、まさか……ブリーツェ学級は、キリムを仕留めたのですか⁉」

「ああ。一匹で、ぴったり２００点は、キリムしかいないしな」

キリム、とは。

竜のシルエットにも似た巨大な体軀、七つの首に七つの角、七つの目。

その巨軀からは想像し難いほど俊敏な速度と隠密性で獲物を狩る、残虐非道の暴力、密林の暗殺者。妖精界の深層域に生息する殺し屋だ。

本来ならば、熟練の妖精騎士が一隊を組んで討伐するような強力な妖魔だが……

「ば、馬鹿な……魔除けの結界内に、キリムなんて、そんな危険な妖魔がいるわけ……」

「結界内にいなければ、結界の外に出ればいいだけさ。別に、それは禁止されてなかったしな？」

「結界の外に出た⁉　そんな馬鹿なッ⁉　結界の外はあまりにも危険過ぎるッ！」

最早、信じられないとばかりに、クライスは目を剝くしかない。

そんなシド達のやり取りを尻目に。

「ったく……無茶言ってくれるぜ、ウチの教官はよ……」

ぐったり疲れきったブリーツェ学級の面々が、口々に愚痴を零し合っている。

「ま、まさか……以前、私達を皆殺しにしかけたあの妖魔とまた戦うなんて……」

「まったくですわ……」

「う、うぅ……こ、怖かった……怖かったよぅ……」

「でも、シド卿の言う通り、今の僕達で力を合わせれば、なんとかなるもんだね」

「……成長してるってことか。僕達も」

「ものすんげえ、大苦戦はしたけどな……」

そんなブリーツェ学級の生徒達を尻目に。

クライスが猛然と抗議をシドへと上げ始める。

「う、嘘だッ⁉ そんなの嘘だ！ たかが生徒達にキリムを倒せるわけがない！」

「だから、伝令妖精は虚偽報告できないんだって。いい加減、認めてくれよ」

「そ、そんなの嘘だ……ッ！ 嘘だ……ッ！」

口をパクパクさせるしかないクライスを差し置き、今度は、マリエやザックがシドへと喰ってかかり始めた。

「……結界の外へ出てのキリム狩り……それはあなたの指示ですか？ シド卿」

「ああ、そうだが？」

「あ、あなたは……ッ！ 教官失格ですッ！」

マリエが怒りに震えながら言い捨て、ザックもそれに追随する。

「ああ、そうだッ！　てめぇには教官の資格なんざねえっ！」

「生徒達を、そんな危険な目に遭わせて……ッ！」

「この深層域で結界の外に出すなんて、何考えてやがんだッ⁉」

「恥を知りなさいッ！　この《野蛮人》――ッ！」

すると、シドが屈託なく笑った。

「なんだ、お前達もわりと真面目に生徒達のことを考えてるんだな？　気に入った」

「な――ッ⁉」

「だが、その上であえて言わせてもらうぜ。……問題ない」

自身満々に胸を張り、シドは自分の学級の生徒達の顔を一人一人見回し、宣言する。

「俺の自慢の生徒達だ。今さらキリムごときに後れを取るはずがない」

そんなシドの、あまりにも清々しく堂々とした言葉に。

「「「～～～ッ⁉」」」

クライスも、マリエも、ザックも。

最早、何一つ言えなくなってしまうのであった。

――――。

――こうして。

全体的に重苦しい雰囲気のまま、後半戦が始まる。

ほとんどの生徒達が、もう戦意を喪失してしまっていた。

ブリーツェ学級に前半だけで、二倍以上の点差をつけられてしまったのだ。

六倍以上の頭数差があったというのに、だ。

そもそも、前半戦で結界内の弱い妖魔はかなり狩り尽くされたため、後半はどうしたって各学級、得点が伸び悩んでしまう。

もう、ブリーツェ学級には勝てるわけがなかった。

自分達は、高い剣格を持つエリート。

ブリーツェ学級は、低剣格の落ちこぼれ。

そのはずだったのに、一体、いつの間にこれほどの差をつけられてしまったのか？

ほとんどの生徒達は絶対的な格付けを突きつけられ、心が折れてしまっていた。

だが——まだ、その残酷な現実に抗い続ける生徒達も居た。

斬ッ！

「くそ……くそぉ……くそぉ……ッ！」

ルイーゼだ。

ルイーゼが、自分の前に現れた黒妖犬を瞬時に斬り捨て、叫ぶ。

「私は、また負けるのか……ッ!? あいつらに……アルヴィンにまた、私は負けるのか……ッ！ 認めない……そんなの認めない……ッ！」

そう。ルイーゼはもう、二度と負けるわけにはいかない。

ルイーゼは取り戻さなければならないのだ……騎士の誇りを。

「私は……ッ！ 私は……ッ！」

激情のまま森を駆け抜けて、妖魔を狩り続けながら、ルイーゼは物思う。

自身が騎士を目指す、その原初を——

ルイーゼの実父、ロドリグ＝ファーレは立派な騎士だった。

品行方正で公明正大。王家に対する忠義厚く、領民からも慕われる好漢。

そして何よりも、ロドリグは神霊位(アツィルト)の妖精剣に選ばれた騎士であり、当時、この国でもっとも優れた騎士、この国最強の騎士と名高い英傑であった。

当然、ルイーゼは父を騎士の中の騎士だと、幼心ながらそう思っていた。

いずれ、自分も父のような誇り高く、強い騎士になる——そう夢見ていた。

だが——その夢はある日、突然、硝子(ガラス)のように脆(もろ)く崩れ去る。

父が突然、騎士の称号を剝奪され、領地没収。家は取り潰しの憂(う)き目にあったのだ。

とある戦いで、あろうことか、父は王の守りを放棄し、敵の攻撃に晒(さら)される町を救うため、独断で動いてしまったのだ。

結果、多くの民の命が救われたが——戦後、父は糾弾された。

騎士団法によれば、父が犯したのは、王を裏切る大罪だったからである。

無論、王は父のことを不問に処すと宣言したし、多くの心ある騎士達が父の行いに賛同し、父を庇(かば)った。

だが——一部の、特に父の存在を疎(うと)んでいた騎士や貴族達の糾弾は止まらなかった。

父を蹴落とそうと、失脚させようと、ここぞとばかりに父を叩(たた)きまくった。

このままでは国が割れる。王家の統治が転覆しかねなくなる。

そう判断した父は——騎士身分と領地の返上を黙って受け入れた。

やがて……父は、その時の戦で受けた傷がもとで呆気なく亡くなった。

『あの時、無惨に虐殺されるしかなかった民を守れたこと……そして、そんな私を是としてくれたアールド王にお仕えできたこと……それは私の騎士としての誇りだ』

『ただ……お前達には、本当に悪いことをした……どうか……強く生きてくれ……』

『後悔はない……』

死の間際に、父がそんなことを遺した。

ルイーゼにはまったく理解できなかった。

自らの身を持ち崩してまで、民を救ったことが、誇り？

結局、父を庇いきることができなかった、あの弱い王家に仕えたことが、誇り？

死の間際に自らの所業を、私達に詫びるくらいなら、どうしてあんなことをした？

尊敬する父だったが……今際の際の言葉だけはまったく理解できなかった。

それでも一つ、わかることがある。

それは——

『先祖代々受け継いできた家と領地を失うなんて、御先祖様になんて申し開きをすればいいのか……あぁ……ファーレは、もうお終いじゃ……』

失意と絶望のうちに、父の後を追うように病で亡くなった祖父の嘆き。

『ごほっ……げほっ……大丈夫……大丈夫だから、私の子供達……私の身に代えても、あなた達は立派に育ててあげてみせるから……ロドリグと約束したから……』

蝶よ花よと愛でられた貴族令嬢から一変、一平民の女と落ちても、慣れない針仕事で必死に働いて、ルイーゼを養ってくれた、病気がちの母の苦しみと優しさ。

『お姉ちゃん……お腹減ったよう……』

『……姉さん……寒い……寒いよ……』

それでも日々の貧困と苦労に耐えかね、震えていた弟や妹達の嘆き。

『申し訳……ッ！　申し訳ありませぬ、お嬢様……ッ！』

『私達にも家族が……生活が……ッ！』

『先祖代々ファーレに世話になっておきながら……お許しください、お嬢様……ッ！』

ギリギリまで仕えてくれたが、結局はルイーゼの元から去って行った……否、去らざるを得なかった、家族同然だった家臣団達。

『ギャハハハハ――ッ！　あのファーレがなんてザマだぜ！』

『最強の騎士だからって、デカいツラしているからですねぇ⁉』

『いい気味だぜ、バーカ！』

『ふっ……近寄らないでくれるかな？　庶民が感染る』

そんな凋落したルイーゼやルイーゼの家族達に、心ない罵倒や侮辱を浴びせてくる、貴族や騎士達……

「私は……取り戻さなければならない……ッ！　失った誇りを……ッ！」

失った騎士身分、爵位、そして家に領地。

尊敬する父のためにも、それらを取り戻し、ファーレの騎士の誇りを復活させなければならない。

だからこそ、自分はオルトール公に取り入り、将来、誰もが認める騎士となるため、騎士を目指した。最強の騎士にならねばならなかった。

幸い、自分は父と同じく神霊位(アッィルト)の妖精剣に選ばれた。

父と同じく最強の騎士となれる器は充分にあるはずなのだ。

それゆえに、今は母方の姓を名乗り、ルイーゼ＝セディアスというただ一人の少女として、一から騎士を目指した。

いつか、自分が立派な騎士となって、ファーレの家を再建するために——

「そう……私は……誇りを取り戻さなければならないのに……ッ！」

そのためには、誰もが認める強い騎士にならなければならない。

この国でもっとも優れた騎士——最強の騎士にならなければならない。

だというのに。

伝説時代最強の騎士シド＝ブリーツェ。

あまつさえ、アルヴィンを始めとするブリーツェ学級(クラス)の面々。

ルイーゼの前に立ちはだかる壁は——あまりにも高すぎる。

神霊位(アッィルト)ということで目をかけてくれたオルトール公も……最近は、ルイーゼに対して素っ気ない。以前、アルヴィンに敗北したせいで、いたく失望してしまっているようだ。

「なぜ、こうなるんだ⁉　なぜ上手くいかない⁉　こんなに努力しているというのに……私は選ばれた神霊位じゃないのか⁉　器じゃないのか⁉」

そんな風にルイーゼが自問していると。

いつの間にか、ルイーゼの前に何人かの生徒達が集まっていた。

「お前達は……？」

その生徒達の学級はバラバラだ。

だが、各学級でエースと鳴らしている連中である。

そして、その集まった生徒達の一人――アンサロー学級の学級長ヨハンが、ルイーゼに歩み寄り、言った。

「手を組もう、ルイーゼ」

ヨハンの提案に、ルイーゼが眉をひそめる。

「手を組むとは……どういうことだ？」

「そのまんまの意味よ」

今度は、デュランデ学級の学級長オリヴィアが、そう憮然と応じた。

「わかるでしょう⁉　今、各学級のエース格を集めてるの！」

「ああ！　そして、俺達も結界の外に出るんだ！」

ヨハンは鬼気迫る表情で言った。

「あいつらだって、キリムを狩れたんだ……ッ！　選ばれたエリートの俺達にできないわけがない……ッ！」

「なるほど、言いたいことはわかった」

ルイーゼが嘆息しながら返す。

「だが、三学級が手を組んでそんなことをしても、得点には……」

「もう得点なんか関係ないだろッッッ!?」

すると、ヨハンが空に向かって吠えるように叫んでいた。

「お前もわかるだろう!?　これはもう、俺達の騎士の誇りの問題なんだッ！」

「……ッ！」

ルイーゼが目を見開く。

見れば、その場の誰もがそんなヨハンの言葉に、黙って頷いている。

ヨハンの言葉は、その場のエリートを自負する生徒達全員の総意のようであった。

しばらくの間、ルイーゼは無言で考えをまとめ……

「……わかった、やろう」

そう頷くのであった。

「そうだ……私だって、このままおめおめと引き下がれない……認められない！　やってやる！　私達だってできる！　できるに決まってるッ！」

「ああ、そうだ！　そうだ！」

その場の生徒達も口々に、ルイーゼに同意した。

「なら、教官達に気付かれないうちにやりましょう」

「ああ、急いだ方がいい」

こうして、彼ら彼女らは動き出す。

もう、彼らの追い詰められた誇りは、あまりにも若過ぎる暴走を後押しする燃料にしかならなかった。

やがて、ルイーゼ、ヨハン、オリヴィアを中心とした、デュランデ学級、オルトール学級、アンサロー学級のエース格で編成された精鋭チームが密かに結成される。

彼らはブリーツェ学級に抱く鬱屈と劣等感を今にも爆発させんと、意気軒昂。

結界の外へと足を急がせる——

「さぁ、行くぞ！　俺達だって……ッ！」

「負けてられない……負けてられないの……ッ！」

彼らの心を、多感な思春期特有の万能感が支配していた。

エリートの自分達が、各学級（クラス）のエース格が、これほどまで集結したのだ。

自分達だって、やれる。

できる。キリムごとき——余裕で倒せる。

自分達だって、入学したての頃とは比較にならないほど強くなっているのだ。

当初とは比べ物にならないほどの力を、妖精剣から引き出せるようになっているのだ。

ゆえに、劣等のブリーツェ学級（クラス）にできたことが、自分達にできないはずがない。

自分達は、並の妖精騎士とは違う。

選ばれしエリートなのだから——そんな誇りを胸に、彼らは進む。


——。


魔除（まよ）けの結界外へ、各学級（クラス）のエース格で構成されたチーム、総勢十数名がついに足を踏み入れる。

ますます深く薄暗くなっていく森の中を、堂々と突き進んでいく。

探すは、キリムと同等か、それ以上の戦果評価点を持つ妖魔。

温かな生命の息吹に溢れる湖周辺とはまったく異なり、結界の外は不気味なまでに静まりかえってる。

鳥の囀り、虫の鳴き声一つ聞こえない――そんな深海のような森の中を進む。

だが、彼らに油断はない。

妖精剣の力を解放し、感覚能力を極限まで鋭敏化。

全方位に注意を払い、油断の欠片もなく、進んでいく。

そう、彼らはまったく油断していなかった。

ただ――舐めていた、いただけだった。


「ぎゃああああああ――ッ⁉」

「ぐわぁああああああああああ――ッ⁉」


それは、本当に何の前触れもない唐突の出来事だった。

一行の最後尾についていた生徒二人が、突然、絶叫を上げて吹き飛ばされ、近場の大木へ激しく叩き付けられたのだ。

全身の骨がいくつも折れ、そのままぐったりと倒れ伏してしまう。

「なぁ――ッ⁉」

その悲鳴に、一同が一斉に振り返ると。

そこには、七つの首を持つ巨軀の妖魔――キリムが鎮座していた。

その禍々しい七つの目が、大量の餌――生徒達を前に、ギラリと不穏に光った。

「ば、馬鹿な……ッ⁉」

「い、いつの間に……ッ⁉」

全員であれだけ周囲に気を張っていたのに、キリムの接近に誰も気付けなかった。

その恐るべき事実に、多くの生徒達が困惑と動揺を隠せない。

「で、出たぞッ！　囲め！　囲め！」

「そうよ、皆で一斉にかかれば……ッ！」

いち早く動揺から立ち直った、ヨハンやオリヴィアが剣を構え、生徒達を叱咤して、指示を飛ばすが――

その一瞬で、ぷん！　と、キリムの姿が視界から消えて。

「あああああああああああああああ――ッ⁉」

「がぁあああぁッ⁉」

今度は、キリムが隊列の右翼に出現し、また二人の生徒に牙を突き立て、頭上に咥え持ち上げる。

「あ？　……え？　ちょっ……は、速すぎ……ないか？」

「動きが……まったく……目で追えない……ような？」

呆然とする生徒達の前で、キリムは持ち上げた生徒達をブンブンと振り回し、勢いをつけて、激しく地面へと叩き付ける。

「……が、ぁ……」

「……ぉ、ぁ……ぐぇ……」

地面が人型に凹み、二人の生徒が、そこにずっぽり嵌っている。

当然、全身の骨が折れている。戦闘不能だ。

そんな様子を、ルイーゼは双剣を構えながら呆然と見ていた。

「ちょ、ちょっと待て……キリムとは……こ、これほどの……？」

そして。

恐れ戦き、後ずさりするしかない哀れな生徒達を。

ギョロリ……

キリムの七つの目が、余すことなく睥睨する。

一方的な蹂躙が始まった。

「ぁああああああああああああ――ッ!?」

「ぎゃあああああ――ッ!?」

「嫌ぁああああああああああ――ッ!?　助けて!　助けてぇ!?」

キリムの瞬発力と速度は、生徒達の想像を絶していた。

あの巨軀からは信じられないほどの、死角から死角への超高速移動。

そこから振るわれる牙が、豪腕が、尾が、生徒達を一人、また一人と容赦なく打ち倒していく。

人の身で荒ぶる嵐を鎮めることができるか?　最早、これはそういう理屈の話である。

格と次元の違いを思い知らされ、慌てて逃げ出す生徒達。

だが、それをみすみす見逃すキリムのはずがない。

当然、キリムは瞬間移動のように先回りし、生徒達を足で踏みつけ、首を伸ばして嚙み付き、そのまま首を振って投げ飛ばして木に叩き付ける。

逃げる者と追う者に力の開きがありすぎて、最早、狩りですらない。

あっという間に、生徒達は総崩れだ。

だが、こんな状況でも、折れかけた心を奮い立たせ、果敢にキリムに立ち向かう者もいた。

「う、ぅあああああああああああああああああ――ッ！」

ルイーゼだ。

ルイーゼは自身が為せる渾身の力と魔法をもって、キリムに仕掛ける。

キリムが仲間達を叩き潰しているその僅かな隙を狙い、周囲の空気を凍りつかせるほどの凍気をキリムへぶつけ――キリムへ一気に肉薄。

両手の妖精剣を、キリムへと鋭く振り下ろす。

パキィン！　ベキ！

だが、彼女の自慢の妖精剣は――神霊位の双剣は、あっさりと折れ砕けた。

キリムには、爪の先ほどの傷一つ入ってない。

先の凍気も、キリムの表面の鱗に、ほんの少し霜をつけただけに過ぎない。

「………あ……？」

折れた剣を呆けて見つめるルイーゼを、キリムの横薙ぎの尾撃が猛烈に吹き飛ばす。

その衝撃で、ルイーゼの左足と右腕が、呆気なく折れた。
……気付けば。
もうその場に、二本の足で立っている生徒達は一人もいなかった。
皆、無様に地に倒れ伏し、朦朧とした意識の中、呻き声を上げているだけだ。
『キィイイイ……ッ！』
低い金切り声のようななり声を上げるキリムが、周囲を見回す。
キリムには〝獲物を生きたまま丸呑みする〟という習性がある。
つまり、キリムは狩りの最中に、獲物を殺すことは決してない。
あくまで獲物が動けなくなる程度に痛めつけるまでが、キリムの〝狩り〟なのだ。
そして、周囲の様子に、キリムは〝狩り〟の終了を確信したようだ。
次に始まるのは、当然、食事タイムである。
キリムは一番最初に目に付いたルイーゼの下へ、悠然とやってくる。
「え？　……あぁ……？　ぅ……」
その光景を信じられないもののように見つめ、呆けていたルイーゼだが。
やがて、残酷な現実をゆっくりと理解する。
自分は、もう〝終わった〟のだと。

父の無念も晴らせず、家の名誉も取り戻せず。

何もかも中途半端な道半ばで、何一つ成し遂げられずに——無意味な人生が終わる。

それを理解した、その瞬間。

「い、嫌ぁあああああああああ——ッ！」

最早、ルイーゼからは、全ての強気の仮面がボロボロと剝がれ落ちた。

ルイーゼはただ、恐怖と絶望の表情で、みっともなく泣き叫びながら、折れた腕と足でジタバタ無様に藻搔くだけだ。

そんなルイーゼの眼前に聳え立つキリムのその巨軀は、まさに悪魔ようだった。

「ゆ、許して……お願い、許して……ください……ッ⁉」

祈るように手を組むが、そんな命乞いが悪魔に通じるはずもない。

そして。

その悪魔は、七つの首の大口の一つを広げて……ゾロリと並ぶ牙を見せつけながら、ルイーゼに迫ってきて……

それはまるで、地獄に通じる門のようで……

「た、助けて……誰か、助け……ッ⁉　ああああ、嫌、嫌ぁあぁぁ……ッ！　やだやだやだっ！　お、お父さぁあああん⁉　助けてぇえええええ——っ⁉」

その大口が、ルイーゼに喰らいつこうとしていた……

まさに、その時だった。

落雷の音と共に、ルイーゼの眼前を凄絶な閃光が駆け抜けた。

「……え……？」

呆けるルイーゼの前で。

『ギシャアアアアアアアアアアアアアア――ッ⁉』

キリムが苦悶の雄叫びを上げて、仰け反って――

どさっ！　斬り飛ばされたキリムの首が一つ、近くの地面を叩いた。

気付けば。

「なんか……どっかで見たシチュだな」

ルイーゼの前には、とある青年の背中があった。

苦痛にのたうちまわるキリムの前で、顔半分振り返ってルイーゼを見下ろす、その青年は――全身のあちこちに紫電が弾ける、その騎士の名は――

「し、シド卿……ッ⁉」

「よう、ルイーゼ」

シドが、に、と笑う。

「なぜ、お前達がこんなとこにいるのか、薄々予想はつく。まぁ、随分とつまらない〝誇り〟に命を張ったもんだ」

「……う、く……ッ⁉」

屈辱に塗れた顔をするルイーゼ。

自身の身体はボロボロ、顔は涙でぐしゃぐしゃで、もう何一つ格好などつかない。

あまつさえ、取り乱すあまり、言葉の通じぬ妖魔相手に命乞いまでしてしまった。

改めて言うまでもなく、今の自分はあまりにも惨めで、無様で、情けなさ過ぎる。

「ぐすっ……なんで……なんで、私、こんな……ひっく……うぅううぅう……」

その事実に、ルイーゼはただただ、震えて泣きながら俯くしかない。

だが、そんなルイーゼを貶めることなく、シドは静かに言った。

その背中で何かを示そうとばかりに言った。

「〝騎士は真実のみを語る〟」

「〝その心に勇気を灯し〟」

「〝その剣は弱きを護り〟」

「〝その力は善を支え〟」

「〝その怒りは——悪を滅ぼす〟」

そんなシドの背中を、ルイーゼは涙に濡れた目を瞬かせて、見上げた。

「それは……？」

「……古き騎士の掟だ」

すると、シドが改めてルイーゼに問いかける。

「ルイーゼ。なぜ、古き騎士の掟に〝誇り〟に関する項目がないか、わかるか？」

「……え？」

質問の意図がわからず、ルイーゼが呆けた声を上げた、その瞬間。

立ち直ったキリムが、残った首全てを振るい、シド達へ喰らいつこうと迫る。

「よっと」

だが、シドはルイーゼを小脇に抱え、余裕でその場を離脱する。

空を噛む、キリムの顎。

「……あっ⁉」

「呑気に問答してる場合じゃないか」

とん、安全な場所までルイーゼを移動させたシドが宣言する。

「いいぞ、お前達！　やれ！　周囲で転がってる生徒達は、俺が面倒見る！」

すると。

「はいっ！」

ザザザ――ッ！

周囲の森の奥から、キリムを取り囲むように、アルヴィン、テンコ、エレイン、クリストファー、リネット、セオドールが現れる。

「皆！　前半で戦った時と同じだ！　キリムの鱗には、テンコ、クリストファー、セオドールの攻撃しか通らない！　その他は、その三人を全力で援護だ！」

「はいっ！　攻撃の先陣は任せてくださいっ！」

「そ、それにしても、まさか後半もキリムと戦う羽目になるなんて……ッ！」

「ぁあああああもうっ⁉　やってやらぁああああああああ――ッ！」

アルヴィンのテキパキとした指揮の下。

ブリーツェ学級の生徒達が、一斉に動き出す――

「はぁあああああああ――ッ！」

まず、最初に仕掛けたのアルヴィンだ。
緑の妖精魔法【疾風】――突風を纏い、キリムへ突進していく。
「だ、駄目だ……ッ！　迂闊に近付いたら――ッ！」
ルイーゼが叫ぶ。
当然、アルヴィンの剣が届く瞬間、キリムの姿が――霞と消える。
人の動体視力を大きく超えた挙動で、アルヴィンの背後に瞬時に回ったのだ。
容赦なく、キリムの牙と爪が、アルヴィンの背を襲うが――
「しぃーッ！」
なんと、アルヴィンが身をひねって、それをかわす。
他学級の誰もが反応すらできなかったキリムの動きに、対応したのだ。
『ジャアアアアア――ッ!?』
さらに振るわれるキリムの爪牙、続いて横薙ぎに振るわれる尾の一撃。
「ク――ッ！」
それらを寸先の見切りで外し、細剣で受け流し――後方へ疾風のように離脱。
それに神速の瞬動で追い縋るキリム。
さらに、さらにアルヴィンへと爪を、牙を振るう。

大気が引き裂かれるような威力に、衝撃波がまき散らされる。

余波で辺りの大木が、何本も、何本も倒される。

だが、アルヴィンは右へ、左へ、後方へ、疾風のように変幻自在に動き、キリムの追撃から逃げ続ける。

逃げ続けるその間隙（かんげき）に、反撃の刺突一閃（いっせん）。

アルヴィンへと首を伸ばすそのキリムの頭部の鼻先を強烈に穿（うが）つ。

その攻撃はキリムの堅い鱗（うろこ）に阻（はば）まれ、まったく通ることはないが……

『キシャアアアアアアアアア――ッ！』

格下の獲物と見た相手を捉えることができず、あまつさえ思わぬ反撃を受け、キリムが怒り狂ったように、さらに執拗（しつよう）にアルヴィンを追いかける。

「……ッ！」

だが、アルヴィンはその荒ぶる嵐のようなキリムの猛攻を、巧みな体捌（さば）きと足捌きで、かわし続ける――

「あ、アルヴィンのやつ……凄（すげ）え……」

「で、でも……あんな激しい動き、最後まで保つわけが……ッ！」

戦闘不能ではあるが、辛（かろ）うじて意識を保っていた生徒……ヨハンやオリヴィアが、そうもらす。

その予想通り。

「——クッ⁉」

下がるままに、大木に背をつけるアルヴィン。

追い詰めたアルヴィンを引き裂こうと、残った六つの首の顎(あぎと)が、上下左右から取り囲むように、アルヴィンへ猛然と迫り——

「——彼の現身(ハイデハイデン)を覆い隠せ！」

ビュゴォ！

突然、真っ白な濃霧が、アルヴィンとキリムの間を駆け抜け——アルヴィンの姿が、その霧の中に溶けるように消えてしまう。

アルヴィンを見失ったキリムの顎は、虚(むな)しく空を噛(か)む。

青の妖精魔法【霧隠れ】だ。

「……こっちですわ」

そして、その魔法の発動者エレインが、キリムの後方で不敵な笑みを浮かべて立っていた。片手半剣(バスタード・ソード)の切っ先をキリムへ向け、悠然と佇(たたず)んでいる。

当然、そんな隙だらけのエレインを見逃すキリムではない。

そして、キリムの超感覚は見抜いていた……そのエレインが実体ではなく、魔法で創り出された幻であることを。

『シャアアアアアアアアア──ッ！』

吠え声一発と共に、場に立ちこめる濃霧を一気に吹き飛ばす。

「──ッ⁉」

すると、まったく逆方向に、新たなエレインの姿が現れる。

こっちこそが本物──その超感覚能力で判断したキリムが、瞬間移動のような挙動で、エレインに噛み付く。

──が。

『──ギッ⁉』

エレインを捉えたはずの牙は、再び空を切った。

実体のはずのエレインの姿が、幻のように消えていく……

「これは、青の妖精魔法【水鏡】」

「わたくし、幻術は得意でして……」

「たとえ、鋭いあなたでも、そう簡単に──」

「──摑ませませんわ」

キリムがぎょっとして硬直し、複数ある首をそれぞれ四方へと向ける。

エレインの姿が、数体、キリムを取り囲んでいるのだ。

キリムは戸惑うしかない。

彼の超感覚が告げているのだ——全て実体のある本物のなのだと。

どれが偽物(にせもの)でどれが本物なのか、見分けがつかない。

ゆえに、どのエレインから先に攻撃すべきか、キリムがほんの一瞬だけ硬直した、その瞬間であった。

「彼の足を止めよ(レグトップ)ッ！」

リネットの叫びに、キリムの根元から無数の蔦(つた)が瞬時に伸び、その全身を雁字搦(がんじがら)めに縛り付け——

「——木の葉を舞い踊らせよ(レトリフスダンシン)ッ！」

ばさばさばさーッ！

続いて巻き起こる木の葉の嵐が、キリムへと殺到していく。

無数の木の葉が、キリムの目に、身体に、ベタベタと張り付いていく。

その視界を奪い、超感覚を狂わせていく——

『シャアアアアアアアアアアアア——ッ！』

だが、そんな拘束と妨害、キリムにとっては一秒で振り払える程度のものだ。

身を振るって、それらを引きちぎり、吹き飛ばそうとするキリム。

だが、たかが一秒、されど一秒。

その一秒の隙に――

「いいいいやぁああああああああああああ――ッ！」

「うぉおおおおおおおおおおおおおおお――ッ！」

テンコとクリストファーが、仕掛けた。

赤の妖精魔法【焔太刀（ほむらたち）】による、紅蓮（ぐれん）に燃えた炎刀が。

緑の妖精魔法【金剛力】による、超絶的な腕力で振るわれた大剣（クレイモア）が。

無敵のキリムの鱗を焼き斬り裂き――叩（たた）き割る。

それは決して致命傷ではないが――他学級（クラス）の生徒達がまったく歯が立たなかったキリムの身体（からだ）に、初めてダメージらしいダメージが入ったのだ。

『ギャシャアアアアアアアアアア――ッ!?』

激痛に、悶（もだ）え吠え狂いながら、首を振るキリム。

そして――

「炎にて葬送せよ（クリメーテウィフライ）」

そんなキリムへ、真っ赤に輝く火球が叩き込まれる。

距離を取って後方に待機していたセオドールの、赤の妖精魔法【火葬球】だ。

先日、山賊相手に手加減して放った一撃とは違う。

仲間達が稼いでくれた時間を利用し、ウィルで大量のマナを収斂し、撃ち放った渾身の火力魔法である。

命中。大爆発。天をも焼け落ちよと上がる火柱。

超高熱の爆炎が、容赦なくキリムの全身を焼いていく――

その鱗が真っ赤に焼けて、沸騰していく――

『ギシャアアアアアアアアアアアアアアア――ッ!』

桁違いの火力に身を焼かれ、苦悶の吠え声を上げつつも、キリムは止まらない。

今、自分を囲む獲物達の中で、真っ先に倒さねばならない危険な相手がセオドールであることを、密林の暗殺者は瞬時に判断した。

大技を撃って隙だらけなセオドールへ向かって、疾駆を始め――

「……させないよっ!」

アルヴィンが再び風のように、キリムの鼻先に現れる。

キリムの尾撃を跳躍でかわしつつ、空中でくるりと回転し、テンコが斬り裂いた鱗の隙間へ細剣を突き立てる。軽快な動きでキリムを翻弄する。

「援護しますわ！」

「わ、私も……ッ！」

エレインとリネットも、キリムの側面に回りつつ、魔法の準備を始め――

「いいいいやぁああああああああ――ッ！」

テンコが、赤の妖精魔法【炎舞脚】で空を蹴る。キリムの背中を掠めるように跳び――

全身を回転。風車のように旋転する刀が、キリムの背中を斬り裂く。

「やらせるかよぉ……ッ！」

クリストファーが、アルヴィンを庇って、キリムの尾撃を大剣で受け止める。

そんな風に連携して奮戦するアルヴィン達を尻目に……

「…………」

一方、セオドールは無言で森内を駆け抜ける。

再び火力魔法を撃ち込むための、絶好のポジションを目指して移動する――

『シャアアアアアアアアアア――ッ⁉　ギシャアアアアアアアアア！』

自分を攻め立てるアルヴィン達に、キリムが激しく吠え猛る。

ことここに至り、彼はようやく気付いたのだ。

アルヴィン達は、獲物ではない。

この場における獲物とは、自分だということに——

「アルヴィン！　今、私の毒薔薇で、キリムに毒を入れました！」

「よくやった、リネット！　じきにキリムの動きが鈍る！　畳みかけるよ、皆！」

「はいっ！」「おうっ！」「ええ！」「は、はいっ！」「ふん」

——そして。

そんなブリーツェ学級の面々の奮戦を……

「…………」

ルイーゼは当然、ヨハン、オリヴィエ以下、ボロボロに蹴散らされていた生徒達が呆けたように見つめている。

「つ、強い……」

誰かが、ブリーツェ学級の戦いを見て、そう零す。

もう、何一つ誤魔化しはできない。

そう評するしかなかったのだ。

「なかなか、やるだろ？　うちの学級」

打ち拉がれたような顔をするルイーゼ達へ、シドが言った。

「なぁ……お前達の騎士の誇りってなんだ？」

「そ、それは……」

答えられない、ルイーゼ。

ルイーゼだけではない、ヨハンもオリヴィアも、その他の生徒達も。

誰もが、何も答えられない。

騎士の誇り。

以前までは、そんな簡単な問いかけ、即座に自身満々に答えを返せたはずだった。

だが、今は出てこない。なぜなら――

「わかるだろ？　お前達の言う誇りは、自分より優れた者と対峙しただけで、簡単に壊れてしまう。ましてや、死んだら何も残らない」

「～～ッ！」

何も反論できずに、俯くルイーゼ。

「でも、あいつらは違う。たとえ、ボロボロに打ち負かされたとしても、あいつらの誇りは決して砕けない。……なぜか、わかるか？」

「……？」

「答えが知りたかったら、合宿中だけでもいい、俺のとこに来い」

そう言って。

話は終わりだとばかりに、踵を返し、シドが去って行く。

現在進行形で、アルヴィン達はキリムと死闘を演じている最中だが、最早、シドはアルヴィン達の勝利を疑いようなく確信しているようであった。

──果たして。

シドの確信どおり、長引く戦いの中、アルヴィン達は少しずつ、それでも確実に、キリムへダメージを積み重ねていって。追い詰めていって。

キリムの動きは、どんどん弱っていって……

七つあった首も一つ、また一つと落とされていって……

そして──

「いいいいいやぁあああああああああああああああ──ッ!」

ついにテンコの炎刀が、キリムに残った最後の首を斬り飛ばすのであった──……

第五章　変革と暗雲

バキィン！

湖から遠く離れた、暗い森の中に、何かの破壊音が響き渡る。

――真夜中。

「……ふっ、これで良い」

闇の中に佇むのは、梟卿だ。

梟卿の前には、壊れた石碑がある。

その石碑の表面には、古妖精語で何らかの言霊が刻まれていたが、粉々になった今はもう判読不可能であった。

「これで、十五個目か……件の結界の霊点は粗方潰せた。このペースならば、やつに仕掛ける時もそう遠くはあるまい」

ほくそ笑む梟卿だが、難しい顔をする。

「しかし、最後のアレだけは一筋縄ではいかないな。さて……どうするか？」

しばらく、梟卿は考え込むように押し黙り……

「仕方ない、一芝居打つか。何、こういうのは僕の得意分野だからな……」

人知れず、フルフェイスの奥で笑みを浮かべる。

闇の中の策謀は動き出す。

今、何かが着々と動き出していた。

──────。

合同の妖魔掃討競争。

勝利したのは、当然のようにブリーツェ学級。比較もバカバカしい圧勝であった。

ゆえに、今回の合宿の総監督はシドとなり、全ての生徒達の指導方針や活動内容を全てシドが決定できるようになった。

一体、どんな雑用や理不尽を押しつけられるんだ？　と戦々恐々する生徒達。

だが、意外にもシドはこんなことを言った。

「別に？　今まで通り、各学級の教官の方針通りやればいい」

それだけだ。

本当に、シドは他学級に対して、何も不利になるようなことは命令しなかった。

ただ、こんなことを一つ付け加えた。

「まぁ、望むなら、他学級の訓練に参加することは自由ということにする。以上」

そして——一週間が経過した。

————。

「げほっ……ごほぉ……ッ!?　げほごほがほぉ!?」

「ひーっ！　ひーっ！　死ぬ……死ぬぅうううう——ッ！」

陽光降り注ぐ午前。

湖の周りを、全身鎧を身に纏った集団が、ふらふらになりながら、ほぼ歩くようなペースで走っていた。

ブリーツェ学級の生徒達ではない。

ルイーゼ、ヨハン、オリヴィアを始めとする他学級の生徒達だ。

当のブリーツェ学級の生徒達は……

「はっ！　……はっ！　……ふっ！」

「ぜぇ……ぜぇ……ふぅ……」

「おっと、お先に！　あんま無理すんなよ？」

たたたたっ！　ルイーゼ達のよりも数段重い鎧を纏い、ルイーゼ達の傍らを悠然と、軽快に追い抜いていく。

あっという間に遠ざかっていくブリーツェ学級の生徒達の背中を凝視しながら、ヨハンやオリヴィアが愕然と呟いた。

「こ、これで……もう二周差……嘘だろ……？」

「何なの、あいつら……アレで本当に妖精剣、使ってないの……ッ⁉」

そして、限界を迎えた生徒達が、がしゃん、がしゃんと次々崩れ落ちていく。

ルイーゼも例外ではない。地に突っ伏して荒い息を吐いている。全身を蝕む鉛のような疲労で、もう一歩たりとも進めそうになかった。

「くっ……あいつら……いつも、こんなことをやってたのか……？」

ルイーゼが零したその呟きは、その場の一同全員の心中の代弁であった——

あの日以来、シドやブリーツェ学級の訓練に参加することを少しずつ希望し始めていた。

ついに、彼らも現実を認めたのだ。

ブリーツェ学級の連中は——今の自分達よりも圧倒的に強い。

落ちこぼれだったはずの彼らが、一体、どうしてそこまで強くなったのか……その秘密を知りたい生徒達が、ぽつぽつと現れ始めたのだ。

無論、各学級の教官やそれをよしとしない生徒達は良い顔をしない。ブリーツェ学級の訓練に参加した生徒達の、今後の立場が悪くなるだろうことは目に見えている。

だが、それでも、ブリーツェ学級の強さの秘密を知りたい。強くなりたい。

そんな覚悟で、やってきた他学級の生徒達へ。

シドは、穏やかな笑顔で全身鎧を突きつけ、言った。

「とりあえず、鎧着て走れ。死ぬ一歩手前まで」

「「「ええええええええええ!?」」」

——。

「はぁあああ――ッ！」

「行きますわっ！」

走り込みが終わった後は、ブリーツェ学級（クラス）は一対一の模擬戦を始めた。

今はアルヴィンとエレインが、模擬戦で激しく斬り結んでいる。

互いに全力でウィルを燃やし、一切の容赦なく剣技を応酬しあっている。

細剣（レイピア）による、アルヴィンの素早い連続攻撃。

片手半剣（バスタード・ソード）による、エレインの変幻自在な攻撃。

翻（ひるがえ）る刃（やいば）と刃が、幾度となく真っ向からぶつかり合う。

アルヴィンは疾風（はやて）のように、エレインは舞い踊るように。

二人は縦横無尽に動き回り、剣を振るい続ける。互いに一歩も引かない。

その恐ろしく高いレベルの攻防に、他学級（クラス）の生徒達は唸（うな）るしかない。

やがて、僅差でエレインがアルヴィンから一本を取り、その模擬戦は終了した。

「……やられたよ、エレイン。最後のあの一撃は読み切れなかった」

「ふふん、今日はわたくしの勝ちですわね！」

「なんだよ、エレイン、偉そうに。お前、アルヴィンに負け越してるくせに」

「お黙り、クリストファーッ！」

たちまち、やいのやいのと騒ぎ始めるブリーツェ学級の面々。

そして。

「こんなにも……差があるのか……」

そんな様子を観戦していたルイーゼが無念そうに呟いた。

ルイーゼだけではない。

ヨハンやオリヴィア……ブリーツェ学級の訓練に参加することを希望した全ての生徒達が同じ、忸怩たる思いを抱いていた。

他学級の生徒達は、この模擬戦には参加できない。

今のブリーツェ学級のメンバーとは実力が違いすぎるから……というのもあるが、単純に、走り込みだけで精も根も尽き果て、今は剣を握る力すら出ないのだ。

もっとも——今の剣を破壊されたルイーゼには、振るう剣すらないのだが。

「まぁ、最初はそんなもんです。気にしないでください」

そんなルイーゼへ、テンコが励ますように言った。

ルイーゼが、隣に立つテンコを見上げる。

この貴尾人の少女は、先の四学級合同交流試合の時は、散々な成績だったと聞いた。

だが、今やブリーツェ学級のトップエースだ。

それに、さきほどテンコの模擬戦の立ち回りを見たからわかる。

こと徒歩白兵戦においては、テンコは一年従騎士最強と言っても過言ではない。

今の自分など、この貴尾人の少女の剣をただの一太刀すら受けられないだろう。

無論、テンコに限らず、今の自分はブリーツェ学級の連中にとって相手にならない。

「……お前達は……凄いんだな……」

「なんですか？　急にかしこまって」

いつになく神妙なルイーゼに、テンコが目を瞬かせる。

「本当にそう思っただけだ。しかし、ウィル……先日、その要諦をシド卿から教えてもらったが……凄まじい技だ。そんな技があるなら、私が勝てるわけがない」

ルイーゼが、次に始まったクリストファーとセオドールの模擬戦を流し見ながら、しみじみ言った。

「ズルい、とでも言いますか？」

「言うわけない」

テンコの返しに、ルイーゼが憮然と自嘲気味に言う。

「もういい加減、生半な覚悟で体得できる技じゃないことはわかった。

これを体得するには血反吐を吐くような積み重ねが必要だ。お前達が今まで、ずっと凄まじい研鑽をひたむきに積み重ねてきた……そのくらいわかる」

「まぁ……そうですね」

頬をかきながら、テンコが遠くを見る。

「……色々と苦労しました。ここまで来るのに」

「でも、それだけにわからない」

すると、ルイーゼがテンコへ問いを投げる。

「なぜだ？　なぜ、シド卿は、私達にウィルを教えてくれるんだ？」

「…………」

「ウィルは、お前達が躍進するきっかけになった技のはずだ。そのまま秘匿しておけば、お前達、ブリーツェ学級は、永遠に学校の頂点に君臨できたはず」

「そうかもですね」

「今まで散々、我々伝統三学級に虐げられ続けてきたお前達だ。むしろ、そうしない理由がサッパリわからない」

すると、テンコはしばらくの間、押し黙って……やがて言った。

「シド卿……師匠は、そんなこと、どうでもいいんですよ」

「！」

「師匠は、派閥争いとか、頂点とか、そんなみみっちいこと気にする人じゃないです。あの人は、この国を守ること、アルヴィンを守ることしか考えてません」

テンコが、離れた場所で生徒達の模擬戦を見守るシドを流し見る。

「自分がいなくても問題ないくらい、この国を強くする……それが師匠の目的です。そのためなら、立場や名誉なんてどうでもいいんですよ、あの人は」

不思議だった。テンコの話が本当ならば、シドのその在り方は、立場や名誉を重んずる騎士とは真逆の生き方だ。

なのに、なぜ——その姿が誰よりも誇り高く映るのか。

（私は……私の騎士の誇りは……？）

そんな風に自問を繰り返すルイーゼへ、テンコが続ける。

「とはいえ、師匠は人を見る目があります。将来、国に仇をなすような輩には絶対に教えません。師匠が教えてくれるってことは、見込みがあるってことです。きっと、悪いことにはなりません」

「そ、そうなのか……？」

「私個人を言えば、不安はありますけどね。今の腐った伝統三学級に余計な力を与えて、今までみたいに、理不尽に見下される力関係に戻ったらどうしようとか」

「う……それは、その……すまない……」

痛いところを、かなり恨み骨髄な調子で突かれ、恐縮するルイーゼ。

「でもまぁ、その分、私達も強くなればいいだけですし、そもそも、私達の道はまだまだ始まったばかりです。

私には、騎士として為すべきことがあります。そのために、これからもずっと、茨の道を歩き続けます。きっと……他の皆も一緒のはずです」

そう語りながら、学友達を見つめるテンコの横顔は。

やはり、どこかとても気高いものを感じた。

自分達よりも圧倒的に――〝騎士〟であった。

「そうか……私も……お前達みたいに強くなれるのだろうか……？」

どこか不安げにルイーゼが呟く。

「ウィル……理屈はわかったけど、私に体得できる気がしない……」

「大丈夫ですよ！　ウィルは特別な技術じゃありません！　生きとし生ける者なら訓練次第で誰しもが使えるようになるものです！　強い意志を持って、自身を鍛え続ければ、いずれ絶対にできるようになります！　絶対！」

目をキラキラさせて、そう力強く訴えてくるテンコに。

「みょ、妙に実感がこもってるな……？　でも、わかった。ありがとう……せっかくの機会だ……がんばってみる……」

そう言って。

ルイーゼは、気を新たに頷くのであった。

——。

そして。

皆が一生懸命、鍛錬に励む合宿の日々の時間は、まるで飛ぶように流れていって——

——。

——深夜。

深海の底のような湖畔の夜闇の中に設営された、デュランデ学級の野営地にて。

「ちっ……ったく、面白くねぇ……ッ！」

デュランデ学級の生徒——ガトが、焚き火の前に腰かけ、苛立ち混じりに吐き捨てた。

全てを浸蝕(しんしょく)し塗り潰さんばかりの闇を、唯一押し止(とど)める、焚き火の光。

その揺らめく炎は、背後に迫る森の木々の陰影を魔物のように躍らせる。

そして、そんな焚き火に照らされる、ガト以外の人影が二つ。

小太りの少年ウェインと、チビの少年ラッドだ。

二人はガトと同じく、デュランデ学級(クラス)の生徒であり、所謂(いわゆる)、ガトの腰巾着であった。

いかに、湖の周辺が魔除(まよ)けの結界に守られているとはいえ、妖魔の全てを完全にシャットアウトできるわけではない。比較的弱い妖魔は結界を抜けてくることもある。

ゆえに、生徒達は交代で不寝番を務めており、今夜はこの三人の当番であった。

「ブリーツェ学級(クラス)の連中……ちょっと前までは、吹けば飛ぶようなクソ雑魚(ざこ)だったくせに……ッ！　あのバカ狐(ぎつね)すらアホみてえに強くなりやがって……ッ！」

ガトが焚き火の中へ、忌々(いまいま)しげに薪を放り込む。

ぱっ！　と。一瞬、火の粉が激しく爆(は)ぜた。

「でもよ、ガト……もう、ブリーツェ学級(クラス)の連中の強さはマジだぜ？」

ウェインも苛立ち混じりにぼやく。

「今日の午後の合同訓練……模擬戦だったが、連中にまったく勝てなかった……」

「や、やつら、信じられねえことに、この合宿でさらに力つけてますよ……ッ!?」

ラッドも身体を震わせながら、ぼやく。

「クソッ！　クソッ！　クソッ！」

ガトも、昼間の屈辱を思い出していた。

本日、テンコと模擬戦を行う機会があったのだ。

言うまでもなく、二人の強弱は、四学級合同交流試合の時と完全逆転していた。

ガトは、テンコの速度と剣技に手も足も出なかった。

先の妖魔掃討で、ブリーツェ学級の連中がキリムを倒したなど、ガトは何かの冗談かイカサマだと本気で思っていた。

だが――それが間違いなく事実であったことを、ガトは今日の模擬戦で痛いほど思い知らされたのである。

「クソッ！　なんでだ⁉　あいつらは地霊位の雑魚だったはずだろう⁉　なんで、こんなに差がついてるんだッ⁉　俺達の方が格上のはずなのに……ッ！」

さらに面白くないのは、ブリーツェ学級の強さに追い付こうと、学級問わず意欲ある生徒達が何人もブリーツェ学級へ赴き、シドの訓練を受け始めていることだ。

噂では、ウィルと呼ばれる伝説時代の技が、ブリーツェ学級の強さの秘密であり、望む者には、シドが誰でも教えてくれるらしい。

無論、試しにガトも一日だけ、ブリーツェ学級の門戸を叩いた。

そのウィルとやらを、さっさと教えて貰おうと思ったのだ。

だが、噂とは違い、シドはそのウィルとやらを、全然、教えてくれなかった。

もの凄く穏やかな顔で「まずは鎧を着て走れ」の一点張りだ。

一応、やってやったが、バカみたいに疲れて、キツくて苦しいだけだった。

妖精剣さえ使えば、まったく無意味な訓練なのに、なぜやらなければならないのか。

バカバカしくなって、一日で止めた。

「ウィルなんて技、ありえねえ！　絶対ぇ、嘘だ！　あの《野蛮人》、俺達をおちょくって遊んでいるだけだッ！」

「し、しかし、ガトさん……実際、あいつらは、そのウィルとやらで強くなったって」

「何かの魔法道具か、トリックに決まってるッ！　あんな地霊位のクソ雑魚があんなに強くなるなんて、ありえねえんだよ、ありえてたまるかッ！」

そう言うと。

ガトは自身の斧型の妖精剣を手に取り、それを地面の岩へ叩き付け始めた。

「クソッ！　俺の妖精剣がもっと強けりゃあなぁ!?　何が精霊位だ！　雑魚いんだよ、てめぇ!?　クソッ！　クソッ！　クソォぉおお――ッ！」

ガッ！　ガッ！　ガッ！

夜のしじまに、岩に打ち付けられる妖精剣の金属音が木霊する。

「でもまぁ、ガトよう。最近、冗談抜きに思うよなぁ？　俺達の剣が、もっと強けりゃってさぁ？」

「ああ、強ぇ妖精剣さえあれば、あんな落ちこぼれ共、目じゃねえのによ！」

「けへへへ、そうっすねぇ……やっぱ、神霊位くらい欲しいっすよねぇ？」

「確かに精霊位ごときじゃ、俺達の器には相応しくねーよなぁ？」

「あーあ、ハズレ剣引いたせいで、散々だぜ」

そんなことを。

ガト、ウェイン、ラッドが言い合っていると。

「……あなた達、強い剣は欲しくありませんか？」

不意に、そんな声がガト達の耳に滑り込んで来る。

弾かれたように振り返れば、一人の女が森奥の闇の中から、悠然とやって来る。

やがて、焚き火の炎に照らされて、浮かび上がってきたその顔は――

「イザベラ⁉　アンタ《湖畔の乙女》の長、イザベラじゃねーか⁉」

古き盟約によって、この王国と王家に力を貸す《湖畔の乙女》の長であり、キャルバニア王立妖精騎士学校の学校長——イザベラ。

唐突に現れた予想外過ぎる訪問客に、ガト達は何事かと目を瞬かせる。

「な、なんでイザベラ様がこんなところに……？　城で政務があったんじゃ……？」

「ここにやってくる予定、ありましたっけ？」

そんな風に目を瞬かせるガト達を無視して。

「……あなた達、強い剣は欲しくありませんか？」

イザベラは、感情の読めない表情で淡々と言った。

ガト達は顔を見合わせて、首を傾げる。

「い、言ってる意味がわからねぇな？」

「ふふっ、そのままの意味ですよ。もし、神霊位……いや、それ以上の力を持つ妖精剣が手に入るとしたら……あなた達はどうしますか？」

「はぁ？　神霊位以上の剣……？　そんなもん、あるわけ……」

「あるんですよ。ここ《剣の湖》には、神霊位以上の妖精剣が存在するんです」

そんなルイーゼの言葉に……一瞬、沈黙するガト達。

「いやいや、待てよ！　さすがに信じられねえよ⁉」

「あ、ああ、そんな話、聞いたことも……」

「そ、そうっすよ、そうっすよ！」

だが。

イザベラが、その妖しく輝く瞳でガト達の目を真っ直(す)ぐと覗(のぞ)き込んで来る――

まるで魂(ウィル)そのものを直視するかのような、心に忍び込んでくる視線であった。

「信じられないのも無理はありません。この事実は、我々《湖畔の乙女》に古(いにしえ)より伝わる秘伝なのですから」

あのイザベラにそう言いきられてしまえば……確かに一定の信憑性(しんぴょうせい)はあった。

「う……？　マジで……？」

迷い始めているガト達へ、イザベラが妖艶(ようえん)に笑って言う。

「今の王家に、国の未来を担(にな)う力はございません。わかりますよね？」

「ま、まぁ……そりゃあな……」

「実はこの度、我々《湖畔の乙女》は、厳正なる協議の結果、無能な王家に見切りをつけ、古き盟約を破棄、より力ある三大公爵側につくことになったのです」

「まじっすか⁉」

「い、いや、なるほど……ッ！　確かに、まぁそりゃそうだろうな！　今までそうじゃなかったことの方が不思議だぜっ！」

「盟約盟約うるせー連中だと思ってましたが、結構、賢いんすねぇ!?」

　そんな風に笑うガト達へ、イザベラが続ける。

「……さて。あなた達は不思議に思いませんでしたか？　地霊位（アッシャー）しか持たぬはずのブリーツェ学級（クラス）が、突然、あれほどまで強くなった……その理由が」

「は？　んなこと言われたってよ……」

「いや、待て。まさか……？」

　何かに気付いたように、ガトがはっとする。

「ええ、その通りです。彼らはここで、〝神霊位（アツィルト）を超える妖精剣〟を手にしたのです」

「な――ッ!?」

「た、確かに……それなら、あいつらのあの力に説明がつくぜ……ッ！」

「なんすか!?　連中、偉そうにしといて、結局、剣頼りだったんすねっ!?」

「ちぃ……あいつら、舐（な）めやがって……ッ!?　何がウィルだ！」

　判明した衝撃の事実に、憤（いきどお）るガト達。

「じゃあ、あの《野蛮人》の意味不明な強さも、ひょっとしたら……？」

「ええ、その通りです。彼の図抜けた力も、〝神霊位を超える妖精剣〟によるもの。だって……人が生身で、あれほどまで強いわけがないでしょう？」

イザベラが、どこまでも笑って答える。

「や、やっぱりか……ッ！」

合点がいったとばかりに歯噛みするガト達は気付かない。

イザベラの瞳が、この闇の中、不気味に輝いていることに気付かない。

その妖しい輝きに、己が魂を搦め捕られていることに、まったく気付かない。

「〝神霊位を超える妖精剣〟……この秘儀を解禁するのは、実に伝説時代以来です。今までは試験的に、ブリーツェ学級のみに与えていましたが……もう必要ありません。

これより、伝統三学級にも解禁いたします。そして、あなた達のような数少ない素質ある者達へ優先的に、新しい剣を与えたいと思っているのです」

「そ、素質ある者……？　俺達が……？」

「そ、そうだよな……へへ、ああ、そう来なくっちゃあなぁ？」

湧き起こる高揚感に、ガト達がうんうんと頷く。

「これで、あのクソ生意気なブリーツェ学級に、目に物見せてやれるってわけだ」

「へへへっ、今までデカいツラしてましたが、また立場が元通りになった時のやつらの顔を想像すると、笑えてくるっすね！」

「ああ、まったくだぜ！」

ガト達は、イザベラの話を完全に信じてしまっていた。

人は、真実を信じるのではない。

人は、自分が信じたい事柄を真実と信じる。真実と信じたいのだ。

ガト達は、ブリーツェ学級(クラス)が自分達より強くなったなどと信じたくない。

自分達が、簡単にブリーツェ学級(クラス)を追い越せる方法があると信じたい。

そんな心の動きを、このイザベラは心を操る魔法で巧みに後押ししたのである。

それは、人の心や認識を操作する、まやかしの魔法。

【嘘と真の境界線】と呼ばれる、闇側(ダークサイド)勢力が得意とする古の魔法であった。

「それでは、早速、参りましょう。新しい剣を取りに――」

そして、そんなイザベラの誘いに抗(あらが)えないガト達は、イザベラに導かれるまま、ふらふらとその後をついていくのであった――

――。

「今日も一日、お疲れ様でした」

「ああ、お前もな」

ここは、ブリーツェ学級の野営地。

正面に広がる、月明かりに輝く湖面。背後に広がる鬱蒼と茂る森。

そんな閑静な湖の畔の開けた空間の真ん中に、ぱちぱちと赤く燃える焚き火があり、その周りに、シドとアルヴィンが腰かけている。

「俺が不寝番に立っておくから、お前達は休んでてもいいんだぞ？」

丸太に腰かけるシドがちらりと視線を動かすと、そこには天幕が三つある。

クリストファーとセオドールの天幕。

エレインとリネットの天幕。

そして、その二つから少し離れた場所に設置された、アルヴィンとテンコの天幕だ。

クリストファー、セオドール、エレイン、リネットは昼間の鍛錬で疲れきったのか、今はぐっすりと自分達の天幕内で眠っている。

ちなみに、テンコはアルヴィンと共に不寝番なのだが……

「zzz……もう……食べられませんよぅ……」

鞘に収まった刀を大事そうに抱え、シド達と同様に焚き火の前に腰かけながら、寝落ちしていた。ぱたっ……ぱたっ……と、耳と尻尾が時折揺れている。

「そういうわけにはいきませんよ」

アルヴィンが、そんなテンコの肩に携帯毛布をかけながら言った。

「これは野戦時における野営訓練も兼ねてますからね。それに、いつまでも、シド卿におんぶに抱っこ……というわけにいかないですから」

アルヴィンは、包装紙に包まれていた粉末スープをカップの中へ入れる。

焚き火にかけていたケトルを取り、カップ内にお湯を注ぎ、シドへと渡す。

「お、サンキュ」

即席の鶏ガラスープを静かに啜るシド。

妖精界とはいえ、夜はさすがに冷え込む。温かいスープは何よりもありがたい。

「……なぁ、アルヴィン。日々の生活で何か問題はないか？」

スープを飲みながら、シドが少し躊躇いがちに聞いた。

「お前の場合、こんな野外の生活には苦労も多いだろう」

シドは、アルヴィンが女性であることを気遣っているようだ。

「はい、大丈夫です」

すると、アルヴィンがどこか嬉しそうに応じる。

「シド卿が色々さりげなく気を回してくれていますし……テンコもいますから」

アルヴィンは寝落ちしているテンコを見て、くすりと笑った。

元々、アルヴィンが女性であることを知る者は、テンコ、イザベラの二人だけであったのだが、ひょんなことでシドもそれを知ることになった。

そして、約四ヶ月前の王都を竜が襲った事変後、アルヴィンの計らいで、三人の間でその秘密を改めて共有することになったのである。

「テンコは、ずっと僕のことを助けてくれます……今も、昔も」

テンコは、アルヴィンが幼い頃からの世話役であり、護衛だ。

そのため、アルヴィンの世話やフォローのために、テンコがアルヴィンと同じ天幕に寝泊まりすることは、周囲にわりとすんなり受け入れられていた。

おかげでアルヴィンの日々の生活は、思った以上に円滑になっている。

ただ、〝あ、やっぱり、二人はそういう関係なのね……〟という目は増えた。

『ま、まぁ、アルヴィンも男だし、王族だし、うらやま――仕方ないよな！　うん！』

『そ、そそそ、そうですわねっ！　仕方ないですわねっ！　色々とっ！』

クリストファーやエレインは何の気を使ったのか、アルヴィン達の天幕から離れた場所に、自分達の天幕を設置する始末だし。

『ね、ねねね、ねぇ、テンコ！　よ、夜の男女のアレって……あのっ、そのっ、ど、ど、どんな感じなんですかっ⁉』

リネットは顔を真っ赤にしながら、一番興味津々にそんなことを聞いてくる。

『え？　ええええええっ⁉　その、ええと……？　す、凄い……としか……？』

テンコもテンコで、真っ赤な顔で尻尾をイジイジしながら、知ったかぶりを吹聴するので、リネットはますます妄想を膨らませて一人勝手に盛り上がっていく。

（ま、下手に女であることを隠すより、そういうことにしといた方が都合はいいか）

苦笑いしながら、スープのカップに口をつけるシドであった。

しばらくの間、シドとアルヴィンは他愛もない会話をぽつぽつと続けた。

やがて、会話が尽き、二人の間に沈黙が流れる。

見上げれば、満天の星。

元の世界とはまったく異なる星図。

夜の風、虫の声。夜のしじまに、梟の鳴き声が木霊する。

と、そんな時間の流れが緩やかに感じられる、その時だった。

「あ、あの……シド卿……？」

不意に、アルヴィンが、焚き火の炎を見つめていたシドへ声をかける。

シドが見れば、アルヴィンは周囲の様子を窺うようにキョロキョロしている。

「どうした？」

「……その……私……そっちへ行っていいですか……？」

「…………」

「ええと……少し……寒くて……その……」

そんなことを、しどろもどろ言いながら顔を赤らめ、そっぽを向くアルヴィン。

シドは以前、アルヴィンが〝たまに女の子に戻りたくなる時がある〟と言っていたことを思い出す。

「……ああ、来い」

苦笑いするシド。

その優しげな眼差しは、まるで可愛い孫娘を慈しむ祖父のようだった。

「あ、ありがとうございますっ！」

すると、アルヴィンが嬉しそうに微笑んで、とててっと移動し、シドの隣に腰かける。

シドはそんなアルヴィンの肩へ、携帯毛布をかけてやった。

「甘えん坊だな、王様。そんなことじゃ先が思いやられる」

「むぅ……今だけは、そんなこと言わないでください……」

シドの肩の上に、頭をすり寄せるように乗せるアルヴィンが口を尖(とが)らせる。

でも、その表情はすぐに安堵(あんど)しきったものに変わっていく。

シドの体温を感じることで、今までアルヴィンの中で、ずっと張っていた何らかの糸が切れてしまったのか。

アルヴィンの瞼(まぶた)が、ゆっくりと……ゆっくりと落ちていく……

（……親友(アルスル)の子孫……か。もし、俺に娘か孫がいたのなら、こんな感じなのかもな）

シドも特に何をするでもなく、そのままアルヴィンに肩を貸し続ける。

穏やかな夜の時間が流れていく。

ただただ安らぎだけが支配する、優しい一時が流れていく。

だが――それは唐突だった。

こんな時でも、決して衰えないシドの鋭敏な感覚が、それを拾ったのだ。

迫る危機の臭(にお)い。血みどろの戦いの気配を――

ばっ！

シドが立ち上がる。

湖のとある方角を鋭く見据える。

「きゃっ⁉　し、シド卿⁉」

さすがに目を覚ましたアルヴィンが、びっくりしたようにシドを見上げた。

「ど、どうしたんですか⁉」

「全員叩き起こせ。完全武装の戦闘態勢で周囲を最大限警戒しつつ、俺が戻るまで待機。だが、状況に応じて、アルヴィン、お前が指揮を執れ。いいな？」

そう言い残して、シドが地を蹴って駆け出す。

そのまま、まるで一陣の風のように駆け抜けていくのであった——

——。

妖精界《剣の湖》。

大自然の緑溢れるその界の中心には、その名の通り広漠とした湖がある。

そして、その湖の中心には、小さな中島がある。

その中島に、今、ガト、ウェイン、ラッドを乗せた小船が辿り着いていた。

そこには、石で作られた小さな祠が立っている。

その祠が祭っているのは、一本の剣だ。

その表面には、古妖精語（エスピリッシュ）で何事かの文言が書かれ、仄（ほの）かなマナ光で発光していた。

「こ、これが……」

「神霊位（アツィルト）を超える妖精剣の封印……ッ⁉」

「これを壊せば、湖に神霊位（アツィルト）を超える妖精剣が出現するようになる……ッ！　へへっ！」

イザベラ様の言う通りだぜ……ッ！」

ガトがパキポキと指を鳴らして、その剣に近付いていく。

「し、しかし、ガトさん……そんな大層なもんが、本当に俺達の力で壊せるものなんですかね？」

「そういう魔法的な仕組みだって、イザベラのやつが説明しただろう？」

ガトが鼻を鳴らして言った。

「三人が同時にその剣に攻撃を加えれば、その剣はあっさりと壊せる……一人でも二人でも駄目、四人以上でも駄目……ぴったり三人、それが鍵だとかなんとか……」

「お、おう……そうだったな……魔法の難しい話はわからねぇが……ま、俺達は息ピッタリだからな！　任せておけ！」

「ひひひっ！　まさかオイラ達が神霊位（アツィルト）を超える剣を手にできるなんてなぁ……」

そんなやり取りをしつつ。

ガト達は各々(おのおの)の妖精剣を構え、祠に祭られている剣へと向き合う。

そして、その剣へ向かって攻撃を加え始めた。

辺りに、不規則で断続的な打撃音が響き渡り始める。

「バカ野郎⁉　お前ら、タイミング合わせろっつってんだろが⁉」

「ラッド！　てめぇ遅(おせ)えよ⁉」

「ウェ、ウェインさんが早いんっすよぉ⁉」

「ゴチャゴチャうるせぇ！　集中しやがれッ！」

やはり、完全に同時のタイミングで攻撃を加えるというのは、それなりの難度がある。

だが、乱打必中という言葉もある。

何度も何度も繰り返すことで、ついに——その時が来る。

「「「だぁあああああああ——ッ！」」」

バキインッ！

偶然、三人の攻撃が完全に一致して。

その瞬間、祠の剣があっさりと折れ飛んだ。

「よっしゃああああああ——ッ！」

「こ、これで、神霊位(アツィルト)以上の妖精剣が、俺達にも手に入る……ッ！」

「そうっすねぇ！　あの目障(めざわ)りなブリーツェ学級(クラス)の連中も、これで……ッ！」

歓喜するガト達。

だが——

「……え？」

ぼちゃんっ！　ばちゃんっ！　ばしゃっ！

一斉に上がる無数の水音。

湖面に浮かぶ妖精剣達が、突然、何かを恐れるように水面下へと一斉に隠れて。

そして——

——————。

湖の岸辺の一角に据えられた船着き場。

そこで、中島の方を見据えて佇(たたず)むイザベラの背後に。

ざっ！　不意に人影が現れていた。

シドだ。

「……おや？　シド卿(きょう)。こんばん――」

イザベラが艶然(えんぜん)と微笑んで振り返ろうとした、その瞬間――

シドは、雷速でイザベラへ向かって踏み込み、稲妻が漲(みなぎ)る右手を繰り出していた。

まさに疾風迅雷、電光石火。

この時代の者で、シドのその手加減のない一撃をかわせる者などいない――

――そのはずなのに。

「……いきなり斬りかかるなんて酷(ひど)い男だな、《野蛮人》」

ふわり。

シドの攻撃を余裕で見切って、かわして。

イザベラは、湖面上に浮かぶように降り立っていた。

「この顔の女は、お前の友人だったのでは？」

薄ら寒く笑う、イザベラの姿をした何者か。

シドが油断なく身構えながら、その何者かを見据え、言い捨てる。

「その隠しきれない闇のマナ……お前がイザベラであるはずがない」

すると。

「フン。ああ、そうだな。お前に感づかれた以上、もうこんな茶番は終わりだ」

イザベラの全身から、たちまち闇が溢れ——その姿がぐにゃりと変わっていく。

蠢く闇が、一人の騎士の姿を結像していく。

やがて、シドの前に現れたのは……全身に黒い鎧と黒い外套を羽織った騎士だ。

顔の造作はフルフェイス型の兜に覆われていて、窺えない。

だが、その兜のフォルムや肩の羽根飾りなどは、どこか梟の意匠を思わせる。

「……暗黒騎士か」

「梟卿、とでも名乗ろうか」

低く含むように笑いながら、その暗黒騎士——梟卿が、腰の長剣を抜いた。

梟の目を象ったような、禍々しい造形の長剣だ。

刀身から溢れんばかりの闇のマナ。

一目で、呆れるほど強大な力を持つ、黒の高位妖精剣であることが理解できる。

「……お前は」

そして、梟卿の姿と剣を見た瞬間、シドはその正体を察したように目を細めた。

「生きていたのか」

対する梟卿も、自分の正体が割れることは織り込み済みだったのだろう。

「まぁ、お前に対して、〝梟〟なんて名乗る意味もなかったな？　《野蛮人》」

「…………」

「ふっ……旧知の再会を祝して、乾杯といきたいところだが……」

「そこをどけ」

シドが鋭く言い捨てる。その目が見据えるは、湖の中島についた小船と、そこで何かをやっているらしい人影だ。

「お前……何をするつもりだ？」

「さあ？　だが、まぁ、蛮族のくせにわりと聡いお前のことだ。薄々わかるだろう？」

「ふざけるな。あの祠の剣が何なのか……知らないとは言わせない」

「当然」

「ならば——どけ」

刹那、稲妻の線が地を走る。

——【迅雷脚】。

シドが雷光と化して、手刀で梟卿へと斬りかかる。

だが、そんなシドの雷速の一撃を――

「ははははッ！　鈍い！　鈍いぞ、《野蛮人》ッッッ！」

――梟卿は、かわした。

あまつさえ、かわしざまに剣を振るい、シドへ一撃すら加えていた。

ぱっ！　残心するシドの胸部から上がる血華。

「僕を舐めるなよ？　《閃光の騎士》シド卿。伝説時代の頃から、僕の方がお前より強かったんだからな？」

「…………」

「まぁ、いい。とりあえずは前哨戦と行こうか。この時代じゃ、お前はまだ寝起きだ。準備運動も必要だろう？　なぁ？」

そう言って。

梟卿が剣を構える。

「黒の妖精剣・神霊位《天秤の守り梟》――この名を抱いて死ね」

「……剣が泣いているぞ」

シドが梟卿の剣を遠い目で見つめながら呟く。

「万物の理と流転を司る、当代最高の青の妖精剣が……なんてザマだ」

「なんとでも言え。僕の全ては、あの御方のためにある……薄汚い裏切り者のお前の言葉など、僕の心には露程も響かない」

梟卿の剣から、闇が、闇が、圧倒的な闇が溢れ——その空間を深淵の底へ沈める。

対し、シドが無言で、右手の手刀に稲妻を高めていく。

雷の爆ぜる光が、広がり溢れ出る無限の闇を押し止める。

対峙する二人の空間が、凄まじい闘気とマナで張り詰めていって——

そして——その緊張が極限に達した、その時。

バキィンッ！

湖の中島の方で、何かを破壊する音が、夜闇に響き渡るのであった——

————。

——ブリーツェ学級の野営地にて。

「ど、どういうことなんだ……？」

シドの指示通りに待機していたアルヴィンが、夜空を見上げて愕然としていた。

「ま、マジか……？」

「一体、何が起きている……？」

それは、クリストファーやセオドールら……他の生徒達も同じようだった。

ウィルを体得することによって、自身や自然界のマナの流れを霊的に摑めるようになったからこそ、わかる。

この湖の周囲を守護していた、神聖なる力が……ゆっくりと消えていく。

深層域の恐るべき暴威から生徒達を守っていた、湖周辺の【魔除けの結界】が消えていく。

あまりにも何の前触れもなく。あまりにも呆気なく。あまりにも静かに。

「……ッ！」

沈黙。

周囲から音が消え、虫や鳥の気配が完全に消える。

夜闇とは違う闇が森の奥から押し寄せ、深くなっていくような錯覚。

不気味なまでの静寂。

高まる緊張感。

そして——この瞬間を待っていた……と、ばかりに。

背後に広がる森の、深海の底のような闇の奥深くから。

何者かが、それも大挙して——もの凄(すご)い速度で躍動し、迫って来る。

「皆、来るよッ！」

アルヴィンがそう鋭い警告を発し、一同が身構えた——瞬間。

『グルゥォオオオオオオオオオオオ——ッ！』

無数の黒犬——黒妖犬(ブラックドッグ)達が群れを為(な)し、その爪と牙と殺意を剝(む)いて、アルヴィン達へ躍りかかってきたのだ。

だが、今さら黒妖犬(ブラックドッグ)達に後れを取るアルヴィン達ではない。

「はぁ——ッ！」

「いいいいやぁあああああああ——ッ⁉」

互いに背を守るように円陣を組み、妖精剣を構えたアルヴィン達。

アルヴィンの細剣(レイピア)が、テンコの刀が、エレインの片手半剣(バスタード・ソード)が、クリストファーの大剣(クレイモア)が、リネットの槍(やり)が、セオドールの小剣(ショート・ソード)が。

一閃(いっせん)し、翻(ひるがえ)り、薙(な)ぎ払い、切り返され、振り抜かれ、振り回され——

黒妖犬(ブラックドッグ)達をあっさりと迎撃し、その悉(ことごと)くを打ち倒した。

「皆、大丈夫かい!?」

「は、はいっ！　この程度の相手なら、私だって……ッ！」

少し緊張気味に槍を構えつつも、リネットが力強く頷(うなず)く。

「しかし、拙(まず)いぞ、アルヴィン」

すると、周囲の状況を冷静に探っていたセオドールが警告の声を上げた。

「結界が消失して、妖魔に襲われているのは他の学級(クラス)も同じらしい」

そんなセオドールの言葉を証明するように。

「ぎゃあああああああ――ッ!?」

「う、うわぁあああああああああああああ――ッ!?」

他学級(クラス)の野営地から悲鳴が上がり、辺りがにわかに慌ただしくなる。

この妖魔達の襲撃は完全に夜襲の形となったため、対処が後手に回っているだろうことは想像に難(かた)くない。

このままでは、全学級(クラス)の生徒達に大きな被害が出てしまうだろう。

「僕達もこの場に留まっていたら危ない。森の奥からさらに新手……しかも、もっと強力な連中が押し寄せて来る気配だ。

さすがにキリムほどの妖魔はそうそう居ないと信じたいが……」

少々焦(あせ)りを隠せない様子でセオドールが言った。

「ど、どうしますか、アルヴィン⁉」

そんなテンコの問いに、アルヴィンが即決する。

「二人一組(ツー・マンセル)で各学級(クラス)の援護に回るんだ！　そして、皆を誘導して、この階層の入り口で合流！　全員の集合を確認次第、この界から離脱する！　魔除けの結界が消えた以上、もうこの階層は僕達が居ていい場所じゃない！」

「わかりましたッ！」

「ああ、わかった！　お前ら、死ぬなよ⁉」

「ご、ご武運をっ！」

こうして。

アルヴィン達は、迷いのない動きで散開する。

大混乱に陥り始めた各学級(クラス)の野営地へ向かって、駆け抜けるのであった――

――――。

にわかに巻き起こった狂騒、悲鳴と怒号が交錯し始めた対岸の様子に。

ガトは震えながら吠えた。

「な、なんだよ……ッ⁉　一体、何が起きてるんだよぉ……ッ⁉」

「おい、ガト⁉　どうなってるんだよ⁉　あ、あの剣を壊せば、もっと強ぇ剣が手に入るんじゃなかったのかよッ⁉」

「な、なんかとてつもなく、ヤバいことになってないっすか⁉」

「う、うるせぇ……ッ！」

「な、なぁ……ッ⁉　ひょっとして、俺達、騙されたんじゃ……ッ⁉」

「そもそも……なんでイザベラ様がここに居たんすか⁉　あの人って、外で政務中っすよね⁉　こんなとこにいるわけが……」

「ま、まさか……俺達……」

「うるせぇえええええええええええええええええ――ッ！」

ガトが、狼狽えるウェインやラッドを突き飛ばし、吠える。

「い、今は言ってる場合かよッ⁉　とにかく、こっそり戻るんだよッ⁉」

「あっ！　待ってほしいっす、ガトの兄貴ぃ⁉」

ガトが猛然と小船に戻り、それを押して出航し始める。

ウェインとラッドも、慌ててガトと共に小船に乗り込み、必死にオールをこぎ始めるのであった──

「ち、ちくしょう……ッ！　なんでだ……なんでこんなことに──ッ⁉」

ガトとて妖精剣の使い手だ。

今、この階層に何が起きているのか。自分達が何をしてしまったか……霊的な感覚で薄々わかる。

自分達は──とんでもないこと片棒を担がされてしまったのだ。

(ち、違う……俺のせいじゃねえ！　俺達のせいじゃねえ！　俺達は騙されたんだッ！　俺達のせいじゃねええええええ──ッ！)

心の中でそう絶叫しながら、ガトは必死にオールをこぎ、対岸を目指す。

とにかく今は、学級の野営地にさりげなく戻り、素知らぬ振りをするしかない。

今後のことについての言い訳、口裏合わせ、責任転嫁……そんなことばかりに気を回しながら──

――――。

「ひ――ッ⁉」

突然、襲ってきた脅威に、ルイーゼは悲鳴を上げて逃げ惑うしかなかった。

ルイーゼだけではない。

最早、デュランデ学級も、オルトール学級も、アンサロー学級も。

全ての生徒達が大混乱に陥っていた。

森の奥から、様々な妖魔が群れを為して突然、怒濤のように襲いかかって来たのだ。

魔除けの結界が機能していた時とは比較にならない、強力な妖魔達だ。

見上げるほど巨大な体軀、獰猛で筋骨隆々たる鬼人の妖魔――オーガ。

獅子の如き巨軀、三つの頭部を持つ大型犬の妖魔――ケルベロス。

頭と前脚、翼は大鷲、胴体は獅子、天空の支配者たる妖魔――グリフィン。

幸い、キリム級の妖魔はいなかったが、他にも様々な妖魔達が、次から次へと野営地に襲いかかってくる。

各学級の教官騎士達が、怒声で指示を飛ばしているが、大混乱の喧噪の渦の中に呑み込まれ、誰一人にも届かない。

「う、うぁ……うぁあああっ⁉　来るな……ッ！　来るなぁあああ――ッ」

大混乱で生徒達が右往左往する中、ルイーゼは死に物狂いで剣を振るった。

踏み潰さんと迫り来るオーガの脚を斬り払い、火を噴くケルベロスの突進から転がって逃げる。

ルイーゼの妖精剣には、先のキリム戦で折られたダメージが残っている。

妖精剣は、あえて人の手で修理しなくても、時間経過によって、ある程度は自己修復する。実際、ルイーゼの剣は、折れた痕がまだ残っているものの、一応繋（つな）がっている。

だが、当然、今のルイーゼの妖精剣は万全からは程遠い。

平時の神霊位（アツィルト）妖精剣の凄（すさ）まじい出力は、今や見る影もなかった。

「くそぉ……くそぉ……ッ！」

損壊した剣で、必死に戦い続けるルイーゼ。

ルイーゼだけでない。

先日、無謀にもキリムに戦いを挑んだ各学級（クラス）のエース格の生徒達の剣が、皆、大なり小なり破損している。

そのため、各学級（クラス）はこの妖魔達の襲撃に、さらなる苦境に立たされていた。

（わ、私は……剣がなければ、こんなにも弱いのか……ッ⁉）

普段ならば、問題にもならないレベルの妖魔にも押され、翻弄され、ルイーゼが歯噛みする。

と、そんなルイーゼへ。

「――ッ⁉」

背後から三体の黒妖犬が、猛然と襲いかかってくる。

はっきり言って雑魚だ。普段のルイーゼならば。

だが、妖精剣が弱っている上、正面のオーガが両手で振り下ろした棍棒を、頭上に構えた双剣で受け止め、組み合っている状況ではどうしようもない――

(そ、そんな……私が、あんな雑魚妖魔に……ッ⁉)

どうしようもなく、ルイーゼが死を覚悟した――その時。

「――はぁ！」

横合いから、何者かが風のように現れて、細剣を振るった。

銀光三閃――三体の黒妖犬が瞬時に穴を穿たれ、吹き飛んでいき――

「いいいいやぁあああああああ――ッ！」

紅蓮に燃え上がる、唐竹の縦一文字。

ルイーゼが眼前で相手をしていたオーガが、綺麗に両断されて左右へ分たれる。

たちまち、マナの霧と化して消滅していく黒妖犬(ブラックドッグ)やオーガ達。

渦巻く光の粒子の向こう側に現れたのは――

ルイーゼの背後を守ったのは――

「て、テンコ⁉　それにアルヴィン⁉」

「危なかったね、ルイーゼ！　加勢に来たよ！」

「か、加勢……？」

この状況は、自分達ですら危うい状況だったはずだ。

自分の身を守るので手一杯なはずで、他の学級(クラス)に構わず、自分達だけの安全を確保することに専念していても、誰も文句を言えない状況だったはずだ。

なのに――加勢に来た。

危険を承知で、アルヴィン達は、他学級(クラス)に加勢に来たのだ。

「あ、あなたは、なぜ、私達を……？」

「ルイーゼ、今は学級(クラス)同士の確執や因縁を気にしている場合じゃない！　皆で協力しなければ、全滅しかねない！」

見れば、アルヴィンとテンコは、呆(ほう)けるルイーゼを他所(よそ)に、もう新たな妖魔達と戦い始めている。

ちょうど押し寄せたケルベロスの群れを押し返し、片端から斬り伏せ、襲われている他の生徒達をフォローしている。

「大丈夫ですかっ⁉」

「……ぅ……ぁ……お前は……ブリーツェ学級(クラス)のテンコ……？」

「あ、ありがとう……ひっく……ぐすっ……もう、駄目かと……」

「お礼は後です！　さぁ、立って！　界の入り口まで走るんです！」

テンコが傷つき泣き崩れる生徒達を叱咤(しった)し、移動を促す。

そんな光景を、ルイーゼが呆然(ぼうぜん)と眺めていると。

「何をしてるんだ、ルイーゼ！」

そんなルイーゼを、アルヴィンが剣を振るいながら叱咤した。

「君の妖精剣が本調子でないのは知ってる！　でも、それでも、まだできることがあるはずだッ！　戦えるはずだッ！」

目の前の妖魔を斬り捨てながら、そう叫ぶアルヴィンに。

「あ、ああ……そうだ……」

ルイーゼも、戦列に加わって戦い始める。

破損していても、さすがは神霊位(アツィルト)。ルイーゼは他の生徒達よりはよほど戦えている。

だが、ウィルを燃やして、嵐のように立ち回るアルヴィンやテンコと比べると、今のルイーゼはあまりにも弱い。無力だ。

精々が、二人の足を引っ張らないようにするのが限界だった。

（くそぉ……ッ！　私は……私はぁ……ッ！）

己の不甲斐なさと情けなさに、ルイーゼは目尻に涙を浮かべながら、剣を振るった。

――――。

アルヴィン、テンコ、ルイーゼの三人は混乱する生徒達を守りながら、戦い続けた。

野営地から野営地を転戦し、妖魔を退け、生徒達を逃がしていく。

もう、どれだけの妖魔を斬ったのかわからない。

一体、この襲撃がいつまで続くのかもわからない。

ただ、無我夢中で戦い続け、妖魔に襲われる生徒達を助け続ける。

そして――

――――。

妖魔を退け、生徒達を逃がしながら、転戦を続けているうちに。

「はぁ……はぁ……」

「ぜぇ……ぜぇ……ッ！」

いつの間にか、アルヴィン達は、とある湖の岸辺の一角へと集まっていた。

そこには、物質界へと帰還する環状列石遺跡（ストーン・サークル）——〝門〟がある。

その〝門〟の周りに、合宿に参加していた全ての一年従騎士（ファースト・スクワイア）達が集まっている。

妖魔の襲撃で負傷した生徒達が互いに肩を貸しあい、支え合っていた。

「よう、無事だったか！　アルヴィン！　テンコ！」

「よ、よ、良かったですぅ～っ！」

「まぁ、僕は全然、心配してなかったけどな」

アルヴィン達は今まで別動していた、ブリーツェ学級（クラス）の面々と合流する。

そして——

「ルイーゼ！　お前も無事だったか！」

ヨハンとオリヴィアが、ルイーゼの元へ駆け寄ってくる。

「ヨハン……オリヴィア……お前達も生きていたか」

「ええ。私達も、ブリーツェ学級(クラス)に助けられて、なんとか……」

その一角には、ブリーツェ学級(クラス)に助けられたらしい他学級(クラス)の生徒達が集まっていた。

見れば、ガト、ウェイン、ラッドらの姿もある。

「俺達じゃねえ……俺達のせいじゃねえ……俺達はただ……」

どうやら、よほど怖い目に遭ったらしい。ガト達は頭を抱えて蹲(うずくま)り、何事かをブツブツと呟(つぶや)いている。

そんなガト達を尻目に、アルヴィンはテキパキと指示を飛ばす。

「もう各野営地に、生徒達は残ってないよね⁉　点呼は取った⁉」

「ああ、確認した！　負傷者多数だが、全員なんとか無事だぜ！」

「わかった！」

アルヴィンはこの合宿の責任者たる各学級(クラス)の教官騎士達……クライス、マリエ、ザックの元へ足早に駆け寄っていった。

「教官、全員揃(そろ)いました！　早く門を開いてください！　物質界に帰還しましょう！」

この〝門〟を開くには、三つの鍵が必要であり、それは伝統三学級(クラス)の教官騎士が持っているのだ。

「早く！　もうじき、ここにも妖魔達が来ます！」

アルヴィンは森の方向を警戒しながら、そう促すが。

「だ、駄目……なんだ……」

クライスが真っ青になりながら呟いていた。

「えっ!?」

「門が開かない……ッ！　何者かに……壊されてるんだ……」

見れば、環状列石(ストーン・サークル)遺跡の中央の石碑が壊されている。

壊されてから、そう時間は経(た)っていない。つい最近のことだ。

「私達は……この界から出られない……ッ！」

「な、なんだって!?」

アルヴィンが愕然(がくぜん)とした——その時だった。

どんっ！

面した湖の方から、凄まじい音が響いてきたのだ。

一同が一斉に振り返り、湖の方を見る。

すると、何者かが湖面上で激しく戦っているのが見えた。

頭上に輝く、ありえないほど巨大な月の下で。

二人の騎士が、まるで硬い地面のように水面上を駆け抜け、激しく打ち合っている。

「あ、あれは……」

「……シド卿(きょう)……ッ!?」


――。


「はぁあああああ――ッ!」

ばしゃしゃしゃっ!

凄(すさ)まじい速度で水面上を縦横無尽に駆け抜けながら、梟(ふくろう)卿が苛烈にシドを攻め立てる。

上段(フォムターク)から切り込み、下段(アルベア)から斬り上げ、回転して薙(な)ぎ払う。

その全てが、真空を断つような神速の猛撃。

「――ッ!」

それら嵐のような剣撃を、シドは――受けない。

身体(からだ)を反らし、仰(の)け反り、跳び下がり――紙一重で避け続ける。

「ハ!　逃げてばかりか!?　かかってこいよ、シド……ッ!」

梟卿が不意に、水面を踏み、水を跳ね上げる。

ばしゃあっ！

シドの視界を完全に塞ぐように巨大な水柱が立ち――

「死ねぇぁああああああああああ――ッ！」

その水柱を、シドごと上下に両断せんと、梟卿は横一文字に斬り込んだ。

水柱が斬り裂かれ、盛大に四散する水飛沫。

されど、その向こう側にシドの姿はなく――

雷光が――夜闇を斬り裂いた。

落雷の音と共に、湖面上に稲妻の線路が走り、その上をシドが一条の光となりて、駆け抜けたのだ。

シドの【迅雷脚】だ。

閃光と化したシドが湖面上を雷速で二度、三度と反転。

刹那に梟卿の背後を取り、その駆け抜ける勢いのままに――貫手を繰り出す。

「…………」

が、対峙する梟卿は——避けない。

諦めたのか、あるいは反応できないのか。

そのまま微動だにせず、棒立ちでシドの攻撃を迎え入れる。

やがて——雷速で突進してくるシドの攻撃が、容赦なく梟卿の背中を——


——貫かなかった。


稲妻が漲るシドのその腕は、確かに梟卿へ命中したのだが——その恐るべき威力を、まったく発揮しない。

とん、と。軽く指で小突くような一撃になってしまっていた。

「……軽いぞ？」

梟卿が笑う。

「忘れたか？　これが僕の妖精剣の力……僕は周囲一帯の重力・重量を自在に操れる」

「……ッ！」

「つまり、僕に触れたあらゆる〝力の強弱〟を、僕は自在に支配できる。お前の攻撃の威力を極限まで〝軽く〟できる」

シドが目を細め、梟卿がそんなシドへ顔半分振り返り、続ける。

「お前の一撃にいかなる超威力があろうが、僕には鳥の羽根で殴りつけられているのと変わらない……そして、逆に──」

梟卿が振り返りざまに、無造作に剣を振るう。

咄嗟にシドが身体を捌き、その場を離脱する。

だが、梟卿の剣先が、シドの胸部をほんの少しだけ、掠った。

そう、微かに掠った。

ただ、それだけの攻撃のはずなのに。


ドバァッ！


シドの胸部に盛大な斬痕が刻まれ、血がブチ撒かれる。

シドの身体が、まるで蹴っ飛ばされたボールのように、水面を飛んでいく──

「僕の攻撃は、極限まで〝重く〟した！　わかるか⁉　野蛮なお前じゃ、僕には勝てないんだよ……ッ！　ククク……ハハハハハハハハハハ──ッ！」

耳障りな哄笑が湖面を木霊する中。

吹き飛ばされたシドの身体が、水面上をまるで石の水切りのように何度も何度もバウンドして――

どぉんっ！

岸辺で固唾を呑んで見守っていたアルヴィン達の元へ転がってくる。

「し、シド卿⁉」

「だ、大丈夫かよ、おい⁉」

ブリーツェ学級の面々が慌てて、シドに集まってくる。

「し、信じられません……あの暗黒騎士、師匠の攻撃を受けて、まったく無傷……」

「それだけじゃねえッ！　教官にここまでダメージ入れるなんて……ッ⁉」

「じ、じっとしててください、教官！　今、癒やしの花を咲かせますから……ッ！」

そんな生徒達に。

「……駄目だ。下がってろ」

シドが珍しく表情を強ばらせて立ち上がり、前に出る。

ぼたっ！　ぼたぼたぼた……ッ！

深く斬り裂かれたシドの胸部から零れ落ちる血が、地を叩く。

そのダメージは甚大らしく、シドは珍しく膝を震わせ、荒い息を吐いている。

そんな一同の元へ――

「フン。大祈祷を使うまでもない。最早、決した。やはり僕の方が、お前より上だ」

暗黒騎士――梟卿が、悠然と水面上を歩いて、一同の前までやってくるのであった。

一同が、梟卿と間近で対峙した……その瞬間。

「……な……」

「……う……ぁ……？」

ルイーゼら他学級の生徒達はもちろん、アルヴィン達ブリーツェ学級の生徒達、あまつさえ、各学級の教官騎士達でさえ、震え、硬直した。

近くで目の当たりにし、改めて分かる、梟卿のその強大な存在感。

こうして対峙しているだけで、己が魂がグシャグシャに押し潰されてしまいそうな、その威圧感。壮絶なる闇のマナ圧。目が眩まんばかりの深い闇。

「ぁ……ぁぁ……」

その場の誰もが、魂で理解した。

その暗黒騎士は――強過ぎる。

自分達と同じ人間とは思えない。自分達とは規格が違う。レベルが違う。

力も、技も、剣も、マナも。

何もかもが規格外で、圧倒的で、絶対的で、次元が違い過ぎたのだ。

それはまるで――

「シド卿……？　シド卿と同じ……？」

その暗黒騎士の在り方は邪悪そのものだが……その力の性質は、伝説時代の騎士である
シドと似た気配を思わせていた。

その気配に当てられ、その場の殆どの人間が、その暗黒騎士を一目見た瞬間、がくがく
震え、膝をついて戦意を喪失する。

「……ぁ……ぁあぁ……」

ルイーゼ、ヨハン、オリヴィアといった実力派生徒達はもちろん、教官騎士達ですら、
呆然と剣を取り落としている。

ただ……

「……ッ！」

「ふぅ……ッ！　ふーっ！　ふぅ……ッ！」

「……ちっ……」

アルヴィンとテンコを先頭に、クリストファー、エレイン、リネット、セオドール……ブリーツェ学級の生徒達だけが、辛うじて二本の足で立ち、過呼吸気味に震えながらも、構えを崩さなかった。

「……ほぅ？　この程度のマナ圧で腑抜けるやつばかりだと思っていたが、この時代にもそこそこ骨のあるのがいるのだな」

やがて、一同の前に立った暗黒騎士――梟卿が含むような笑いを零した。

「あ、あなたは一体、何者だ……ッ⁉」

剣先を振るわせながら、アルヴィンが問う。

「そ、そうですよ……ッ⁉　あ、あなた、なんなんですか……ッ⁉　師匠をここまで圧倒するなんて……ッ！　一体、なんなんですか……ッ⁉」

テンコもガタガタと震えながら、そう問い詰める。

すると。

「そうだな。もう別に隠す意味もない。騎士の礼に則り、名乗ろうか」

梟卿は、不意にその梟の兜を……脱ぎ捨てた。

がらん……湖の岸辺に、兜が転がっていく。

その兜に隠されていた、相貌が露わになった。

シドと同世代の青年だ。

青い髪に、青い瞳。ただただ口調通りの苛烈な、氷のような美貌が印象的な青年。

当然、その青年の顔に、アルヴィン達は見覚えがないが——

「僕の名は、リフィス。リフィス＝オルトールだ」

その青年が名乗る名前だけは、聞き覚えがあった。

「……え？　リ、リ、リフィス……」

「オ、オ、オルトール……？」

キャルバニア王国には、《三大騎士》の伝説がある。

キャルバニア王家の始祖、聖王アルスルに忠誠を誓い、その生涯をかけて聖王のために尽くして戦った、始まりの三騎士と呼ばれる三人の英雄達。

そして、その三人の騎士こそ、現在のキャルバニア妖精騎士団の開祖となった騎士達であり、現代の三大公爵家の始祖となった者達である。

その誰もが、当代並ぶ者なしと評された無双の騎士であり、〝伝説時代で最強の騎士は誰だったか？〟という議題では、シド＝ブリーツェの名と共に、必ず挙がってくる者達である。

即ち――

《紅蓮の獅子》ローガス＝デュランデ。

《碧眼の一角獣》ルーク＝アンサロー。

そして――

《蒼き梟》リフィス＝オルトール。


「嘘だ……ッ！　あなたが、あのリフィス＝オルトールだって……ッ⁉」

愕然としてアルヴィンが、梟卿――リフィスを見つめる。

「そんな馬鹿な！　あなたがリフィス卿であるはずがない……ッ！　彼は伝説時代に生きた騎士なんだぞ……ッ⁉　どうして、この時代に、彼がいるんだ……ッ⁉

そもそも、《三大騎士》は、僕の御先祖様……聖王アルスルに仕えた、騎士の中の騎士であるはず……なのに、あなたは暗黒騎士じゃないか……ッ！」

「で、でも、アルヴィン……師匠に勝るあの武は……確かに、伝説時代の……」

狼狽えるアルヴィンに、テンコが震える声で応じる。

当然、その場での誰もがそんな話を信じられない。信じられるわけがない。

だが――

「…………」

当のシドが何も反論しないこと。

そして、リフィスを名乗る男が、まさに伝説時代の騎士であるシドを圧倒する規格外の武をもっていること。

まったくの虚言と断ずるには、否定材料が少なすぎた。

「ふん。お前達が信じられようが、信じられまいが、どうでもいい」

リフィスが鼻を鳴らして、一同を睥睨する。

「僕は、そのシド＝ブリーツェを殺しに来た。邪魔をするなら、お前達から消えてもらおうか……ッ！」

「う、ぅ……ッ⁉」

浴びせかけられた凄まじい殺気に、アルヴィン達が立ち竦んでいると。

「なぜだ？　リフィス。なぜ……こんなことをする？」

シドがそんなアルヴィン達を庇うように、ふらりと前に出て、言った。

「お前は……あいつに……聖王アルスルに忠義厚き、騎士の中の騎士だった。

お前は、音に高き剣技の冴えはもちろん、王国随一の切れ者であり、かつて他国の侵攻に際し、お前の知略は幾度も国を救った。

文武両道──そんな騎士の理想を体現するお前を、俺は……いつだって尊敬していた。なのに……なぜだ？　なぜ、こんなことをする？」

「決まっているだろう？　お前の騎士としての全てを否定するためだ」

くくく、と低く含むように嗤いながら、リフィスが返した。

「お前の言う通りだ……僕こそが、かつての王国でもっとも優れた騎士だった。もっともあの御方に……聖王の傍に在るべき騎士だった……ッ！

だというのに……お前ばかりが、皆から不当に過大評価された……ッ！　あの御方の一番の信を一身に受け続けた……ッ！」

「リフィス……」

「なぜだ？　おかしいだろう？　貴様のような男がなぜ⁉　この僕を差し置いて、あの御方の筆頭騎士の座についていたんだ⁉　貴様のような──《野蛮人》がッ！」

すると、リフィスがその場で硬直していたアルヴィンら生徒達を見回して言った。

「当然、お前達も知っているだろう⁉　今に伝わっているはずだ！　《野蛮人》シドの伝説はな……ッ！」

「なっ……」

「残虐非道にて冷酷無比……望むままに戦い、殺し続けた悪辣なる《野蛮人》……その最期は、聖王による誅殺……

言っておくが、これは何の誇張でも捏造でもない……ッ！　事実だッ！　全て事実なんだ……ッ！」

呆気に取られるアルヴィン達を無視し、リフィスが再びシドを睨み付けた。

「そうだ……お前はしょせん、騎士にあるまじき騎士……ッ！　だというのに、お前は不当に聖王に取り立てられ……あまつさえ、聖王を裏切った！　あれだけの御恩を王から受けておきながら……最終的に、同輩を、民を……この国を裏切ったのだ……ッ！

この僕が居ながら……あの御方に、絶大なる辛苦を負わせてしまったのだ……ッ！」

「……な……」

次々、リフィスから明かされる衝撃の事実に、アルヴィンとテンコは最早、頭がついていかない。

二人が縋るようにシドを見つめても……

「…………」

対するシドは——無言。

だが、それは何よりも雄弁な肯定の沈黙であった。

「う、嘘だ……シド卿が……まさか、そんな……？」

今まで、シドと接していたことで、アルヴィンやテンコの中で作られていたシド像。

果たしてそれは本当なのか、偽物なのか……揺らぎ、あやふやになっていく。

そんな生徒達を尻目に、リフィスは続けた。

「なぁ、シド……お前という存在が、どれだけ僕の騎士の誇りを傷つけたか……お前のような悪辣なる男に……下賤な《野蛮人》にわかるか!? わかるわけがあるまい!?」

「お前が、俺を恨んでいるのはわかった」

シドが感情の読めない表情と声色で返す。

「だが、解せないな。ならば、俺だけを討てばいい話だろう？ 俺は、俺の過去から決して逃げたりはしない。それを糾弾するというならば、いつだって受けて立つ。

だが、アルヴィン達は……この時代の未来を担うべき、若き騎士達には関係のないことだろう？ なぜ、巻き込んだ？」

「ククク……言ったはずだ……お前の騎士としての全てを否定してやる、と」

リフィスが凄絶に嗤う。

「ここは、妖精界第九階層……妖精剣の故郷たる《剣の湖》があるからこそ、魔除けの結界で安全を確保されていたが……それは、湖の周囲にある二十七の結界石碑、そして湖中央の祠の結界剣、その全て壊すことによって破壊した。

結界が破壊された今、この時代の貧弱な騎士達の力量(レベル)では、手に余る強大な妖魔が、じきにここに押し寄せ、襲いかかってくる……すでに退路も断った」

リフィスが、環状列石遺跡(ストーン・サークル)の壊された石碑を指差す。

「さぁ、いかにも騎士の中の騎士みたいな顔をしているシド……どうする？　騎士を気取るお前のことだ……当然、騎士として守ってやるんだよな……？　この時代の未来を担う騎士の卵達をな」

「…………」

「化けの皮を剝がしてやる。シド……お前は、上っ面(つら)だけ騎士を装(よそお)っていても、その本質は、しょせんは残虐非道で冷酷無比な戦闘狂——《野蛮人》だ。

飽くなき闘争と殺戮(さつりく)に明け暮れ、より多く殺すために、次なる戦のために、殺し続け生き残り続けてきたお前が……極限状態で、自身を差し置いて誰かを守ろうはずがない。

必ず、お前は見捨てる……弱者を切って捨てる。あの頃のように……《野蛮人》だった頃のようになぁ……ッ⁉」

「…………」

「騎士から、ただの《野蛮人》に堕(お)ちたお前を、この手で殺すことで……誅伐(ちゅうばつ)を下すことで……僕は、ようやく、お前に傷つけられた騎士の誇りを取り戻せるんだ……ッ！　はははは……あっはははははははははははははははは――ッ！」

誰もが呆気に取られて硬直する中、ひとしきり高笑いして。

不意に、リフィスが剣を鞘に収めた。

「さて……久々の顔合わせはここまでだ」

「…………」

「しばらく後にまた会おう、シド。互いの騎士の誇りをかけて、決着をつけようじゃないか……お前に、その誇りが残っていればな？　くくく……」

そう一方的に言い捨てて。

リフィスの身体から、黒い霧が噴き上がっていく。

立ち上る黒い霧は、この闇夜の中、リフィスの身体を覆い隠していき……

やがて、リフィスの姿は、その闇の中に溶けるように消えていくのであった。

ざわ、ざわ、ざわ……動揺と困惑に揺れる生徒達。

「…………」

シドはただ無言で、リフィスが消えた空間を見据え続け……

「……し、シド卿……」

アルヴィンはそんなシドの、どこか寂しげな背中を見つめ続けるしかないのであった……

第六章　誇りの在処(ありか)

そして、眠れぬ夜が明ける。長い、長い夜が明ける。

身を寄せ合うように形成した野営地の周辺には、濃霧が幽鬼のように漂っている。

寒い。異様な寒さだ。

これも【魔除けの結界】が失われた弊害か、陽の光が発生した濃霧に遮られ、夜はとっくに明けているというのに、夕方のように薄暗い。

つい先日までの、陽光溢(あふ)れる春のような景色や気候が、まるで嘘のよう。

湖も、森も、空も。

まるで何かを恐れるかのように不気味に静まりかえっている。

そんな中――

『……拙(まず)いことになりましたね……』

ブリーツェ学級の面々を筆頭に多くの生徒達が見守る中、シドとアルヴィン、テンコは、湖面上に映り込んだイザベラの姿と会話していた。

無論、このイザベラは実体ではなく、幻体だ。

妖精界《剣の湖》階層に閉じ込められ、外とも連絡がつかず、途方に暮れるしかなかった生徒達。

だが、何らかの手段で異常を察知したイザベラが、魔法で連絡を取ってきたのだ。

『しかし、リフィス＝オルトール……シド卿と同じ伝説時代の騎士が、暗黒騎士として出てくるなんて……一体、なぜ……？』

「……さぁな。俺も皆目見当つかない」

「…………」

正直な話、アルヴィンは、昨晩の状況から、シドが何かを知っているだろうことを直感している。

だが、なぜか、シドは何も語ってくれないし、どの道、リフィスの謎や正体を推理している場合でもない。

今大事なのは、差し迫りたる脅威——この深層域の妖魔とリフィスへの対策だ。

「イザベラ。こちらから、そっちの世界に帰還する【妖精の道】の門が壊されてしまったわけだけど……そちらから再接続できないかな？」

『難しいですね。元々、かなり特殊な手段で繋げてあった道です。決して不可能……とは言いませんが、かなりの時間がかかります』

「どのくらい？」

『……早くて二週間……』

「それじゃ遅すぎる……」

アルヴィンは湖面上に映るイザベラへ顔を近付け、力なく呻く。

「僕達の力じゃ、こんな深層域の妖魔を相手に一週間も保たない……」

「一匹や二匹ならともかく、継続的に深層域の妖魔達と戦い続ければ、あっという間に全滅ですね……」

テンコも歯噛みするしかない。

「その間……僕達は、ずっとシド卿に守ってもらわないといけないの……？」

「そ、それこそ、あの恐ろしいリフィス卿の思うつぼですよ……」

『すみません……でも、どうしようもないんです、こればかりは……』

悔しげに歯噛みするイザベラ。

「どうしよう、イザベラ……テンコ……」

不安げなアルヴィンに、イザベラとテンコが目を細めて、押し黙っていると。

『…………』

「何、簡単なことだ、アルヴィン」

シドが、ふっと笑って言った。

そして、シドは目を瞬かせるアルヴィンの前に立って……

「し、シド卿!?」

アルヴィンの足元に平伏するように、跪いていた。

「ど、どうしたの、いきなり!?」

戸惑うアルヴィンへ、シドが頭を垂れたまま、神妙に奏上する。

「この度、我が主君たるあなたと、そのご同輩らを危難に陥れた責、最早、疑いようなく全てこの俺にあります」

「!」

「し、師匠!?」

アルヴィンはもちろん、その様子を見ていたテンコ、その他多くの者達が目を剝く。

「御身を守る騎士でありながら、我が過去の不始末により、御身を危難に晒す不徳、ただただ恥じ入るばかり。ゆえに――挽回する機会を希いたく御座います」

「そ、そんな……シド卿のせいじゃ……」

「王命を。ただ、〝全てを守れ〟と」

「！」

「さすれば、俺は、騎士の誇りにかけて、それをまっとうすることを誓いましょう」

「…………」

押し黙るアルヴィン。

確かに、今回の一件は、シドを狙ったものだ。

アルヴィンら生徒達は、それに巻き込まれただけに過ぎない。

ゆえに——シドは責任を感じているのだろう。

「…………」

アルヴィンは、シドに全幅の信を置く主君であるからこそ、そんなシドの願いに応えなければならない。

それがたとえ、シドを地獄に突き落とす命令だとしても。

あのリフィスの思惑通りだったとしても。

それを下さなかった瞬間、シドはアルヴィンの騎士でなくなるし、アルヴィンはシドの主君である資格を失ってしまう。

「……わかった」

アルヴィンは苦渋の表情で決断をした。

「シド卿！　王命だ！　僕達を守れ！」

「承った、我が主君。……ありがとうな」

苦々しく俯くアルヴィンへ恭しく一礼して。

シドがニヤリと笑い、指をパキポキ鳴らし始めた。

「……というわけで、早速仕事だ。この臨時野営場に、ちょっとキツ目の妖魔が一体、迫ってきている」

シドがそう言った、その瞬間。

『キェエエエエエエエエエエエエエン――ッ！』

得体の知れない響きを持つ遠吠えが、空から降ってくる。

その脳内を直接掻きむしるような悍ましい雄叫びに、その場の生徒達の誰もが耳を塞いで蹲ってしまう。

「……行ってくるぜ」

そう言って、とんっと地面を蹴って。

シドは疾風（はやて）のように去って行く。

そんなシドの背中へ。

「待って！　シド卿！」

ふと足を止めるシドへ、アルヴィンが叫ぶ。

「あなたは何も語ってくれない！　僕には、伝説時代に一体、あなたに何があったのかわからない！　リフィス卿の言葉が嘘（うそ）か真か……僕にはわからないんだ……ッ！」

「…………」

「それでも──僕はあなたを信じている！」

「！」

そんなアルヴィンの言葉に、シドが微（かす）かに目を細める。

「だから……どうか、死なないで！　お願い！」

「勿体（もったい）なきお言葉」

そうポツリと零（こぼ）して。

シドは今度こそ、立ち止まらず走り去っていくのであった──

――。

こうして。

リフィスの思惑通り、シドの孤独な戦いが始まった。

深層域の妖魔達は、昼夜を問わず襲いかかって来た。

金剛の如き外骨格と大地をどよもす巨大な亀型の妖魔ベヒモス。戦果評価点255……

死の視線と毒の息で周辺を死滅させる恐るべき巨大な河馬型の妖魔カトブレパス。戦果評価点280点……

荒ぶる炎を操る巨大な鳥型の妖魔、フェニックス。戦果評価点230……

嵐を纏う巨大な蛇型の妖魔カンヘル。戦果評価点235点……

生徒達の手には到底負えない、想像を絶する深層域の妖魔達が、次から次へと臨時野営場を襲撃してくる。

シドは、その全てと戦い続ける――

一歩も引かず、全ての生徒達を守るために戦い続ける。

片端から妖魔達を撃破し、生徒達を守り続ける――

――――。

迫って来る。

大地を鳴動させ、強大な暴威が迫って来る。

マッドボア――蒼い炎を纏う巨大な猪型の妖魔。

あの突進に踏み潰されぬ者など、ない。

「う、うわぁあああああ!?」

「ひぃいいいいい!?」

「来たぞぉおおおおおお――ッ!?」

森の奥から、木々をなぎ倒しながら、自分達の野営地に向かって迫って来る妖魔の姿に、恐れおののく生徒達。

だが――

斬ッ!

雷光と共に駆けつけたシドの手刀が、マッドボアをすれ違い様に斬り裂く。

首を刎ね飛ばされ、たちまちマナの粒子と砕けて消滅していくマッドボア。

だが、その突進の勢いは完全に殺せず、シドがマッドボアの巨体に撥ね飛ばされる。

何度も地面をバウンドし、叩き付けられるシドの身体。

「………」

だが、シドは何事もなかったかのように立ち上がり、首を鳴らす。

そして、次なる妖魔の襲撃に備え、呼気を整え始める——

——。


「うわぁあああああああああああ——ッ!? 来たぁあああああ!?」

「助けてぇえええええええ——ッ!?」

湖の中から、天まで届く水柱を上げて現れたのは、山のような巨大蟹の妖魔——デスシザー。

その鈍重そうな巨体に似合わぬ凄まじい機動力と敏捷性で、その巨大な左右の鋏を振りかざして生徒達へ襲いかかり——

無数の生徒達の身体が、上下に寸断されようとしていた、その瞬間。

雷光一閃。

駆けつけたシドの手刀が、巨大蟹の左右の鋏を瞬時に斬り飛ばし、その脚を数本断つ。
だが、生徒達を守るため、無理な体勢で割って入ったため、断末魔の声を上げて転がり暴れ回る蟹の巨体を回避できず——

「——ッ！」

シドが空高く弾き飛ばされ——やがて、重力に従い、湖に落下。
赤い血混じりの水柱を上げるのであった。

「…………」

だが、シドは無言で岸まで泳ぎ切り、立ち上がる。
そして、次なる妖魔の襲撃に備え、呼気を整え始める——

——。

——。

倒す。

倒す。

倒す。倒す。倒す。

倒す。倒す。倒す。倒す。倒す。

シドが妖魔を倒し続ける。

昼も夜も、一睡もすることなく淡々と倒し続ける。

戦いの衝撃音は、四六時中響き渡り、途絶えることを知らない。

シドは何一つ、泣き言は言わなかった。

誰に対して、何の恩を着せることもない。

ただ、それが自分の為すべきことだから。

そう言わんばかりに、戦い続ける。

ボロボロになりながら、戦い続ける。

生徒達は、そんなシドの背中を見守るしかない。

「し、師匠……」

「くそ……僕達はなんて無力なんだ……」

アルヴィン達は、ただ、歯痒い思いでシドを見つめるしかない——

――。

一日。

また、一日と。

そんな日々が、恐ろしくゆっくりと流れて行く中。

「はっ！　当然だよなっ！」

ある時、ガトが笑った。

「だ、大体、狙われてるのは、アイツのせいなんだろ⁉　俺達、アイツに巻き込まれているだけなんだろ⁉　だったら、アイツが戦うのは当然じゃねぇか⁉　なぁ⁉」

ガトが、周囲でシドの戦いを見守る生徒達へ、同意を求めるように言った。

生徒達の視線の先では――

存在するだけで周囲を氷点下の凍気地獄へ巻き込む魔狼の妖魔――フェンリルが、シドと戦っている。

フェンリルの体躯は、獅子より一回りほど大きい程度だ。シドがこれまで戦って来た巨大妖魔と比較すれば、然程でもない。

だが、その白銀の毛皮の剛靱さは鋼を遥かに超え、全身からまき散らす凍気は、常人ならば吸っただけで肺が完全に凍り付く。

何よりその俊敏性・獰猛さはキリムとは比較にもならない。

戦果評価点355点――そんな危険な魔狼の妖魔を相手に、シドがただ一人で戦う。

巻き起こる極寒の吹雪に身を隠しつつ、常軌を逸した異次元の速度で、シドへ四方八方から、その氷の爪牙で襲いかかるフェンリル。

それを、シドは淡々と体捌きで捌き続ける。

連戦続きで疲労と損傷が蓄積したシドも、さすがに、これはかわしきれない。あっという間にシドの全身が、フェンリルの爪と牙に刻まれていく。

舞い散る血潮が、凍っていく。

だが、シドは耐えて、耐えて、耐えて――

やがて、フェンリルが見せたほんの刹那の隙に、雷速の手刀を叩き込み――その首を吹き飛ばすのであった。

――そんなシドの勝利を、遠くから見守っていた生徒達が、ほっと安堵する中。

「ったく、伝説時代の騎士のくせに、手こずってるんじゃねぇよ！　もっと、ちゃっちゃと始末していけよ！　俺達に危害が及んだらどうする気なんだよっ⁉」

デュランデ学級の生徒――ガトは、ひたすら悪態をつき続ける。

ガトの腰巾着のウェインやラッドもそれに同意する。

「だよなっ！　俺達に盛大に迷惑かけてんだから、そのくらい当然だよなぁ⁉」

「そっすよねぇ⁉　ねぇ⁉　本当にこれだから《野蛮人》は、ねぇ⁉」

すると。

「そ、そうだよな……元々、あいつのせいなんだから……」

「俺達は巻き込まれただけだし……」

なんと、ガト達に同調する生徒達も、ぽつぽつと現れ始めていた。

「もっと、しっかり、俺達を助けてくれよ……ッ！」

「それでも、騎士なのかよ……ッ！　伝説時代最強の騎士なのかよ……ッ⁉」

誰も彼もが、先の見えない状況に不安が極限だったのだ。

シドが水際で防いでくれているとはいえ、常に常軌を逸する妖魔の脅威にさらされ続けたため、精神的にも限界だったのだろう。

そのストレスの捌け口は、どうしてもシドへと向かってしまう。

「大体、最初から怪しいやつだと、ずっと思ってたんだよな……ッ！」

「ああ、あの悪名高き《野蛮人》だもんな……ッ！」

「どうせ、あのリフィス卿が激怒するほどの悪事をやらかしたんだろ……ッ！」

「だとしたら、本っ当にいい迷惑だわ！」

そんな風に、不平不満を零す周囲の生徒達の様子に。

「こ、こいつらぁ……ッ⁉」

「許せませんわ！」

クリストファーやエレインが激怒する。

「放っておけ。……一応、連中の言うこともわかるからな」

そう言っているセオドールも、言葉とは裏腹に目がまったく笑っていない。

「〜〜ッ！」

あの大人しいリネットでさえ、他学級の罵詈雑言に耐えかねるように、固く目を閉じて震えている。

だが、集団には、空気、雰囲気、流れというものがある。

場の空気が一度、シドを責め立てる流れとなってしまえば、後は坂を転がり落ちるがごとく——だ。

シドを悪し様に言うことが、その場の正義となり、誰もが口汚くシドを罵って、意思を統一し、奇妙な一体感と共に団結していく。

最早(もはや)、その流れは止めようがなかった。

「止めないでください、アルヴィン」

不意に、据わった目をしたテンコが立ち上がった。

「もう我慢の限界です……ッ！」

テンコが八重歯を剥(む)きながら、シドを罵る生徒達へ向かって行こうとした……

……まさに、その時だった。

「いい加減にしろッッ！　お前達ッッッ！」

一人の少女の怒声が、場の生徒達を黙らせる。

なんと、その怒声の主は——ルイーゼであった。

「お、おい……ルイーゼ……」

「い、いきなり何をブチ切れて……」

「あまりにも不甲斐(ふがい)ないからだッ！　お前達もッ！　無論、私自身もッッッ！」

吠え猛るルイーゼ。

その両目には——悔し涙が滲んでいた。

「確かに敵の狙いは、シド卿だ！　私達はそれに巻き込まれただけなのかもしれない！

それでも、シド卿は私達のために、戦ってくれているんだぞ!?

自分一人生き残るだけなら、シド卿の戦闘能力なら容易かったはずだ！　私達をさっさと見捨てて、ひたすら力を温存しておけばいいだけだった！

なのに、シド卿は私達を見捨てない！　ああやってボロボロになって、私達のために戦い続けてくれている！　昼も！　夜も！　一睡もせず！

たとえ、それが責任だったとしても、生半な覚悟でできることか!?

あの姿に！　あの背中に！　お前達は何も感じないのか!?　何も感銘を受けないのか!?　何が《野蛮人》だ!?　アレこそが真の騎士の姿だろう!?」

「う、うるせえ、黙れよッッッ!?」

すると、ガトがなぜかムキになって、ルイーゼの胸ぐらを掴んで吠え返す。

「それでも結局、アイツのせいだろうが!?　アイツのせいで俺達がこんな目に遭ってるんだろうが!?　だったら、俺達を守ってくれて当然じゃねえかッ！」

「ああ、そうだなッ！」

ルイーゼが負けじとガトを睨み返し、吠える。

「もし、私達が剣を持たない無力な民だったならなッ！　でも——私達は騎士だぞ⁉」

そんなルイーゼの言葉は。

「「「〜〜〜ッ！」」」

その場の全ての生徒達の心を、深く抉っていた。

「なぁ……お互いの顔を見ろ。これが、今の私達の姿が……騎士か？　ただ、安全地帯でぬくぬくと一方的に守られ、皆を護るために戦う一人の男の姿を、ぐちぐち不平不満言いながら傍観しているだけの私達が……本当に騎士なのか？」

「…………」

「私達は、守られる民じゃない……民を守る騎士だ！　だというのに、己の無力さを棚に上げ、己を犠牲にして守ってくれるシド卿に向かって罵詈雑言……騎士として恥ずかしくないのか⁉」

「……ッ⁉」

「私は恥ずかしいッ！　弱い自分が！　何もできない自分がッッッ！」

そんなルイーゼの叫びに。

その場の生徒達の誰もが、気付かされる。

そう。

自分達はただ——後ろめたかっただけなのだ。

生徒達の誰もが、自分達が妖精剣に選ばれた騎士であることを誇りに思っていた。

自分は普通の人とは違う、選ばれた存在……ゆえに特別であり、特別なことを為せる人間——そう信じていた。

だが、最早、その誇りはズタズタ。世の中には、呆れるほど上には上が存在し、自分達の矮小さ・無力さばかりが浮き彫りにされてしまった。

根拠なく無駄に肥大化した誇りなんて、最早、何の意味も価値もなかった。

それでも彼らの誇りは、それを認められない。

だからこそ——シドに全ての不満と非難をぶつけ、シドのせいにし、自分達の薄っぺらい誇りを、後生大事に守ろうとしていただけに過ぎなかったのである。

——騎士の誇りってなんだ？

——なぜ、古き騎士の掟に〝誇り〟に関する項目がないか、わかるか？

不意に、ルイーゼの胸の内に、シドの言葉が蘇(よみがえ)った。

今なら、なんとなくわかるような気がした。

「ルイーゼ……」

「あなた……」

見れば、アルヴィンとテンコが目を瞬(しばたた)かせて、ルイーゼを見つめている。

まさか、あの高慢ちきなルイーゼが、こんなことを言いだすなどとは、欠片(かけら)も思ってもみなかったような顔だ。

そんなアルヴィン達を一瞥(いちべつ)し、ルイーゼは自嘲気味にぼやく。

「……わかってる……私は弱い……今の私では、シド卿の隣に並び立って戦うなんて……到底できやしない……そんなことはわかってる……

それでも、私は騎士だ、騎士でありたい……せめて、騎士に恥じない自分に……誇れる自分になりたい……何かないのか？　私達にできることは何もないのか……ッ!?」

「「「…………」」」

しん、と。

アルヴィンやテンコ、ブリーツェ学級(クラス)の面々が押し黙っていると。

「……あるかもしれない」

不意に、そんなことを呟(つぶや)いたアルヴィンに、場のブリーツェ学級(クラス)以外の生徒達の視線が一斉に集まっていた。

「……話すんですか？　アルヴィン」

テンコの言葉に、アルヴィンがこくりと頷(うなず)く。どうやら、ブリーツェ学級(クラス)の生徒達は、もう話を知っているらしい。訳知り顔で押し黙り続けるだけだった。

そして、そんなブリーツェ学級(クラス)を尻目に、アルヴィンが続ける。

「もちろん、今回のシド卿の戦いに、僕達が戦力的にできることは何もないよ。深層域の妖魔達……そして、シド卿と同じ伝説時代の騎士、リフィス卿。

覚悟がどうとか、勇気がどうとか以前に、単純に力量(レベル)が違い過ぎる。僕達が下手に加勢しても、シド卿の足を引っ張るだけだ。

それでも、僕達でも、今のシド卿をほんの少しだけ、後押しするくらいはできるかもしれない……」

「——ッ!?」

それはどういうことだと、生徒達の視線がアルヴィンに集まる。

すると、アルヴィンは懐(ふところ)から何かを取り出した。

小さな硝子(ガラス)の小瓶だ。

「……それは？」

「万が一の時に備えて、イザベラから渡された魔法道具『白樺の聖油（バーチ）』だよ。これをつけると、しばらくの間、悪（あ）しき妖魔達を退けることができる。

と、言っても、それほど長く効き目は保（も）たない。精々が数時間程度だし……量も限られている。ここにいる全員分には、とても回らない」

「それをどうする気だ？　そんな物で妖魔を凌（しの）いでも焼け石に水だぞ？」

「凌ぐんじゃないんだよ」

アルヴィンが聖油の小瓶を見つめながら言った。

「これを上手（うま）く使って、道中の妖魔を避けながら、この階層のとある場所へ行くんだ。そうすれば……シド卿に勝ちの目が出てくるかもしれない」

どういうことだ？　と訝（いぶか）しむルイーゼに、テンコが続けた。

「実は……私達、ブリーツェ学級（クラス）は、ずっとそのことを考えていました……でも、戦力が足りなかったんです」

「戦力？」

「ええ、正直、今の私達六人では、戦果評価点２００のキリムを一匹撃破するのが限界……その程度の戦力じゃ、その場所に行っても無駄なんです」

「まぁ、最終的には一か八か、死ぬ気で仕掛ける……そのつもりだったけどな」

クリストファーが頭をかきながら、そう付け加えた。

そして、アルヴィンがルイーゼ達を見回し、改めて言った。

「とにかく……もし、僕達の戦いに、もっと戦力が加わってくれるなら……より勝ち目が出てくるんだ。

でも、無理強いはできない。はっきり言って、この試みは無謀だ。僕達も自分の身を守るのに精一杯……ひょっとしたら、誰か死ぬかもしれない」

言いづらそうに、それでも毅然とアルヴィンは言う。

「でも、これだけが唯一、今の僕達がシド卿のためにできること。

そして、唯一、僕達が全員、生きて帰るための手段だ。

もし、シド卿が倒されたら……僕達も死ぬ。僕達だけじゃ、この深層域では、イザベラが救助に来るまで、とても生き残れない」

アルヴィンの指摘に、生徒達の誰もが息を呑む。

そして、そんな一同を改めて見据え、アルヴィンがはっきりと宣言した。

「僕は……全員で生きて帰りたいと思ってる。だって、学級や派閥は違うけど……同じ国の仲間じゃないか。そうだろう？」

そんなアルヴィンの真摯な言葉に。

ざわ、ざわ、ざわ、と。

生徒達が、顔を見合わせてどよめいた。

やがて。

「どうして……お前達が、私達よりも、ずっと誇り高き騎士であるかのように見えていたのか……私の劣等感の正体がわかった気がする」

ルイーゼがそんなことを、少し自嘲気味に微笑(ほほえ)みながら言った。

「本当に、単純なことだったんだな。あまりにも単純なことだったから……いつの間にか忘れていた」

「ルイーゼ」

「意地を張らせてくれ。これでも、私は騎士の端くれだ。私もお前達の力になろう」

そんなルイーゼの力強い宣言に。

「俺も……俺も協力するぞ……ッ！」

ヨハンも。

「わ、私だって！　このまま、こんな所で果てるのはごめんなんだからっ！」

オリヴィアも。

「お、俺も……」

「僕も……ッ！」

何人かの勇敢な生徒達――その多くは、ブリーツェ学級の訓練に参加していた生徒達――が、次々と手を上げ始める。

この詰んだ状況を打破しようと、硬直した空気が動き始める。

今は学級間の確執や因縁など関係ない。

ただ、一つの目的に向かって、手を取り合う若き騎士達の姿がそこにあった――

「ありがとう、皆」

万感の思いを胸に、アルヴィンが言った。

そして――

――――。

斬ッ！

シドの斬撃が、岩山のように巨大な飛竜(ワイバーン)の首を飛ばした。
飛竜(ワイバーン)がマナの粒子と砕けて消滅していくのを背に——
「ぜぇー……ぜぇー……はぁー……はぁー……」
ずっと戦いに没頭していたシドの意識が、一日ぶりに我に返る。
戦い始めて一体、あれから何日経(た)っただろうか。
一体、自分はどれだけの妖魔を倒したのだろうか。
(ははは……総得点にして、10万点くらいはいったかな……？)
ぐしっと口の端を伝う血の筋を拭い、ゆっくりと呼気を整えていく。
そして、シドは辺りを見回した。
夜だ。今はすっかり夜の帳(とばり)が降りきった真夜中。
鬱蒼(うっそう)と茂る森の中。
見上げれば、梢(こずえ)で縁取られる空の枠の中に浮かぶ、巨大な月。
「…………」
静かだ。
微(かす)かな虫の声を除けば、辺りは不気味なほど静かに静まりかえっている。
周囲に妖魔の気配は——ない。

なんとなく、わかる。

多分、自分はこの一帯の妖魔をほとんど狩り尽くしてしまったのだ。

しばらくの間は、もう新たな妖魔が出現することはないだろう。

「……となれば……今夜か」

そう納得して。

シドは、森の奥へと向かって歩き出した。

歩きながら、シドは自分の状態を確認していった。

なんていうか、まぁ酷い有様だった。

全身は無数の傷でボロボロだ。痛んでいない箇所などどこにもない。

血も失血死寸前まで流してしまっているらしい。妙に目眩と寒気がする。

身体が重い。未だかつてこんなに疲労したことがあっただろうか？　疲労はとうに限界を超えており、精神力で辛うじて立っているような状態だ。

ウィルの呼吸は――弱々しい。

肉体以上に魂の疲労が限界を迎えている。普段なら、意識もせずに燃やせるウィルが燃えない。心が動かない。精も根も尽き果てているとは、まさにこのことかもしれない。

それでも……

ざっ、ざっ、ざっ……

シドは、しっかりと歩き続ける。

（アルヴィン達は無事だ。気を回す余裕はなかったが、俺が決めた防衛線は一匹たりとも割らせなかった……）

守りきった。

自分は、王命を——騎士の誓いを果たした。

そう、まだだ。自分が果たすべきことはまだ残っている。

（いや、まだか……）

ならば——最後まで果たしきるまで。

そう思って。

シドは、鬱蒼とした森の中を歩き続ける——

——。

やがて、シドの視界が開ける。

それは——森の中に、ぽっかりと広く開けた空間。

色とりどりの花が咲き乱れる野原であった。

その野原の真ん中に、一人の騎士が佇んでいる。

リフィスだ。

「……よう、リフィス。しばらくぶりだな」

シドが口元を薄く微笑ませる。

「………………」

「守りきったぜ？　しばらくの間、妖魔は打ち止めだ。今の内に蹴りをつけようか……闇の深淵から新たな妖魔達が、再び生まれ落ちる前に」

そう言って、シドが穏やかに佇んでいると。

「……なぜだ？」

リフィスが、地獄の底から響くような声で問いを投げる。

「なぜ、《野蛮人》のお前が、わざわざあのガキどもを妖魔から守りきった？　そんなに満身創痍と化してまで……なぜ、本性を見せない……ッ⁉」

そんなシドの答えに、リフィスが拳を握りしめ、籠手を軋らせる。

「僕に勝てると思っているのか？　そんな有様で」

「まぁ、正直、無理かも知れないな。……だが、負けるつもりはない」

「あんなガキども、見捨てれば良かっただろ……ッ！　見捨てて力を温存しておけば、僕との勝負にもなったはずだ……ッ！　なのに、なぜ……ッ⁉」

「俺は騎士だからな。今世の主君とかわした騎士の誓いを果たすまでだ」

さらりとそう返すシドに。

「……ッ⁉」

リフィスは、目を見開いて、硬直して……

「それだよ……お前のそんな在り方が、いつだって、僕を苛立たせる……ッ！」

わなわなと震えながら、シドを睨み付けるのであった。

「気に食わない……気に食わないんだ……ッ！　お前のその態度が……ッ！」

「…………」

「いつだって、お前はそうだッ！　我こそが騎士の中の騎士みたいな顔をして……聖王や周囲の愚図共をまんまと騙してみせる……ッ！

そんなに見栄が大事か、《野蛮人》……ッ⁉」

「…………」

「あの御方に剣を向けた不忠者のくせに……ッ！　仲間を裏切り、殺しまくった、殺戮者のくせに……ッ！　許さない……お前は……お前だけはぁ……ッ⁉」

すると。

「変わったな、リフィス」

シドがどこか切なげに言った。

「いや、当然か。あんなことがあったのだからな」

「なんだと……ッ⁉」

「俺の知るリフィス＝オルトールという男は……勇智に優れ、王への忠義に溢れた、騎士の中の騎士だった。

あの頃から、お前が俺のことをよく思っていなかったことには気付いていた。

それでも、俺は、お前のことを、ずっと尊敬すべき友だと思っていた」

「…………ッ⁉」

「だが……俺の知るリフィスはもう居ないのだな」

自ら望んで闇に堕ちてしまった者は、シドの『聖者の血』でも救えない。

だからこそ——シドは決意する。

「終わらせよう、リフィス」

そう宣言して、シドがゆっくりと構える。

「お前は、俺を不忠者と言ったな？　裏切り者と言ったな？　否定はしない。どう言い繕おうが、結局、俺がアルスルに剣を向けたのは事実だからな。お前達と袂を分つことになったのは……実に残念だった。だがな……」

身構えながら、シドは鮮烈な意志の光が宿る目で、まっすぐとリフィスを見る。

「それでも、俺のやるべきことは何も変わらない。今も、昔も。俺は……俺の騎士道をまっとうするだけだ」

「……な……ッ⁉」

「リフィス。あいつらは……生徒達はこの国の宝だ。今はまだ、どいつもこいつもヒヨコだが、いずれ、この国を支える明日の希望だ。

俺やお前のような、旧時代の化石共の因縁や確執に巻き込んでいい連中じゃない。

ゆえに——たとえ、お前に万の正義があろうが、俺は、一の意地をもって今のお前を否定する。

俺は死なない。あいつらを守る。

かかって来い、リフィス。お前を倒す……俺の騎士の誇りにかけて」

そんなシドの姿に、真っ直ぐな瞳に。

「黙れッ！」

がしゃん！　リフィスが剣で地を叩く。

「お前が……《野蛮人》のお前が、騎士の誇りを語るな……ッ！　虫酸が走るッ！」

「…………」

「いいだろう……ッ！　お前が本性を最後まで見せなかったのは、甚だ予想外だが……これ以上、お前の存在をこの世界に一秒だって許してやるものか……ッ！

お前は存在するだけで、僕の誇りを傷つける……ッ！

駆逐してやるぞ、シドッ！　僕の騎士の誇りにかけてッ！　そして、その時こそ、僕は誇り高く宣言するのだ……僕こそ、この世界でもっとも優れた騎士なのだと……ッ！」

リフィスが剣を抜き、全身に圧倒的な闇のマナを張らせていく。

大気が歪まんばかりのマナ圧と存在感が、シドを呑み込まんと襲う。

だが、シドはそれをさらりと受け流して、リフィスへ静かに問う。

「なぁ、リフィス。騎士の誇りってなんだ？　俺達の古き騎士の掟に、どうして誇りに関する項目がないのか……わからないのか？」

だが、リフィスは聞く耳を持たない。

「何度も言わせるな……ッ！　《野蛮人》が――騎士の誇りを語るなぁあああああああああああああああああああああ――ッ！」

拒絶するように吠え猛って。

リフィスが闇のマナ全開で、シドへ向かって斬りかかって。

「…………ッ！」

満身創痍のシドにとって、絶望的な戦いの火蓋が切って落とされようとしていた……

……まさに、その時だった。


ざんっ！


シドとリフィスの間に、不意に飛んで来た何かが――突き立った。

思わず硬直し、足を止めるリフィス。

それは――一振りの剣だった。

ボロボロに錆びた、黒っぽい剣。

それでも、シドにとっては、どこか懐かしい剣――

「これは」

シドが、その剣が飛んで来た方向を見る。

そこには――

「シド卿ぉおおおお――ッ！」

なぜか、アルヴィン達が居た。

ブリーツェ学級だけではない。

ルイーゼを始めとするオルトール学級、ヨハンを始めとするアンサロー学級、オリヴィアを始めとするデュランデ学級……多くの生徒達が集まってきている。

なぜか、皆、手酷い満身創痍。疲弊しきった顔で。

「その剣を使ってくださいッ！」

そんなアルヴィンの叫びに、シドは脳裏に閃くものがあった。

「この剣は……お前達……まさか……？」

～～～。

時は前後して。

「ここが、あの湖の源泉か……」

その階層のとある山の頂上付近に湧いている泉に、やっとのことで到達したアルヴィン達の姿があった。

「ほ、本当にここに、件（くだん）の剣があるんですか……？」

「ないと困るよ。……もう手がない」

不安げなテンコの疑問に応じつつ、アルヴィンは周囲を縋（すが）るように見渡す。


——こ、黒曜鉄の剣なら……あるよ……？

——この階層には……ずっとずっと大昔から……黒曜鉄の剣がある……

——この湖に水をくれる山の上……怖い、怖い妖魔が住んでる、あの山の上……


脳裏に蘇（よみがえ）る妖精達の言葉を反芻（はんすう）するアルヴィンが、ふと思う。

（そういえば……シド卿は悪戯妖精（グレムリン）に盗まれた、なんて言ってたな……）

思えば、シドもここの剣に対して、何か反応が妙だった。

（妖精達が言っていた剣と、シド卿の剣……やっぱり、何か関係があるんじゃ……？）

アルヴィンがそんなことを心の片隅で考えていると。

「あった、アレですわ！」

エレインが指差す先に、水の中、とある岩に一振りの剣が刺さっていた。

きっと、悠久の時を、ここで過ごした剣が——

シドがアルヴィン達の拠点を守って戦い続ける最中、アルヴィン達は、とある作戦行動を開始していた。

この作戦の大前提である『白樺(バーチ)の聖油』の量に限りがあるため、有志かつ実力の高い精鋭の生徒達で決死隊を組み、残りの生徒達の最終的な守りを各学級(クラス)の教官騎士に任せ、アルヴィン達は拠点を密(ひそ)かに出発した。

湖を小船で渡り、湖に水を供給する川沿いに進んでいく。

徘徊(はいかい)する強大な妖魔達を『白樺(バーチ)の聖油』で避けつつ、山を登っていく。

そんな一歩間違えたら即全滅終了となる危険な強行軍の果てに……アルヴィン達は、目的に辿(たど)り着いた。

そこは以前、妖精剣達から聞いた場所——とある山の頂上付近に湧いている泉の畔(ほとり)。

なぜか遥(はる)か古(いにしえ)より、謎の黒曜鉄の剣が眠るといわれた、その場所にて。

アルヴィン達は、ついにその剣を見つけたのであった——

「や、やったぁ……」

その剣を視認した瞬間、アルヴィンの目尻が熱くなる。

「あの剣さえあれば、シド卿の戦力は上がる……ッ！　あの詰んだ状況をひっくり返す鍵になるかもしれない……ッ！」

「でも……やっぱり一筋縄ではいきそうにないですね」

テンコが冷や汗を垂らしながら刀を構える。

すると、テンコが警戒する前で。

ぼこり、ぼこぼこ、と。

泉の水面に、大量の泡が浮かび上がり……暗い水の下から、何か巨大な存在が浮かび上がってきて……

剣へと至る道を塞ぐように、その妖魔は盛大な水柱を上げて姿を現した。

『シャアアアアアアアアアアアアアアアアア――ッ！』

とんでもない怪物であった。

それは、この泉の主。

銀光りする鱗。九つの頭とヒレを持つ、巨大な蛇の妖魔。

九つの首を空を覆わんばかりに広げ、見上げるほど大きな巨体を誇る様は、まるで巨木のようだ。

斬った瞬間から復元するその比類なき再生能力と、時にキリムすら水に引き摺（ず）り込んで捕食する比類無き獰猛（どうもう）さと食欲を誇る、妖精界の水棲（すいせい）生態系の頂点の一角。

戦果評価点：３２５点――ヒュドラであった。

「ヒュドラ……やっぱり、ここにいた……ッ！」

アルヴィンが、出現した怪物を見上げながら歯噛（はが）みする。

件の戦果評価点のリストには、この階層の地図と、妖魔達の大まかな出現分布も記されている。

それによれば、数十年ほど前から、この場所にはヒュドラが住み着くようになっていたと報告されていたのだ。

いかに妖魔が嫌う匂いを放つ『白樺（バーチ）の聖油』をつけているとはいえ、自分の縄張り（テリトリー）を侵そうとする者達を見逃してくれるほど、ヒュドラは甘くない。

怒気と殺意に満ちた野性の目が、一つの頭につき二、合計十八、そこに集う生徒達をギヨロリと睥睨（へいげい）する――

「皆、落ち着くんだ！　得点の高さに戦（おのの）く必要はない……ッ！」

その暴威の姿を見上げ、動揺する一同を落ち着かせるようにアルヴィンが叫んだ。

「この点の高さは、再生能力による撃破のし難さによるところが大きい！　それに、僕達はこいつを倒しに来たわけじゃない！　あの剣さえ拾えればいいんだ！」

アルヴィンがヒュドラの陰に隠れるように突き立つ黒曜鉄の剣を指差す。

「でも、こんなのが張ってる中、あの剣を拾いに行くのは無理……なんとかして、隙を作って、誰かが決死の覚悟で拾いに行くしかない！」

「わかってる！」

すると、ルイーゼが覚悟を決めたように叫ぶ。

「あいつと直接戦う前衛は、ブリーツェ学級に任せた！　他学級の生徒達は、後方から妖精魔法でブリーツェ学級を援護！

そして、隙を見て、私があの剣を拾いに行く……そうだな!?」

「うん。でも本当にいいのかい？　君が一番、危険だよ、ルイーゼ」

「くどい！」

アルヴィンの問いに、ルイーゼが突っ放すように言い捨てる。

「今、アレと辛うじてやり合えるのは、お前達ブリーツェ学級しかいない！　剣を拾いに行くのは、他のやつがやるしかない！

それに、私は腐っても神霊位だ……お前達を除けば、今、この中で一番、動けるのは私だ……ッ！」

「……わかった。君の覚悟に最大級の敬意と礼を」

そう言って。

アルヴィンが一同を振り返り、剣を掲げて号令をかける。

「状況開始ッ！　僕に続け！」

「「「ぉおおおおおおおおおおおおおお――ッ！」」」

そして、ブリーツェ学級以下、総勢二十近い生徒達が、一斉に一つの目的のために動き始めた。

延々と続く、斬撃音。剣戟音。怒号。魔法の炸裂音。激しい水音。妖魔の雄叫び。

そして、そんな決死の死闘の果てに、アルヴィン達は――

～～～。

「そうか……お前達。まったく無茶しやがって」

なぜ、この剣がここにあるのか。

全てを察したシドが、小さく口元を綻ばせた。

シドは、目の前に突き立つ錆(さ)びてボロボロの剣を、目を細めて見つめる。

「シド卿！　僕は、僕の騎士であるあなたの勝利を信じていますッッッ！」

そんなシドへ、アルヴィンが声を張り上げた。

「どうして、英雄リフィス＝オルトールが暗黒騎士なのか……《野蛮人》と呼ばれるあなたの過去に、一体、何があったのか……それはわかりませんッ！」

「それでも、私は……私達は師匠を信じていますッ！　だから勝ってください！」

テンコもアルヴィンに続き、思いの丈を叫ぶ。

すると。

「シド卿！　勝ってくださいっ！」

「負けないでくださいっ！」

「シド卿！」「お願いします、シド卿！」

「僕達のためじゃない……あなたのために勝ってくださいっ！」

周囲の生徒達が、口々にシドへ激励を飛ばした。

そんな様子に、リフィスがわななく。

「なぜだ……？」

悔しげに唇を震わせ、理解できぬとばかりに生徒達へ向かって叫ぶ。

「なぜだ……なぜだ……ッ⁉　お前達も知ってるんじゃないのかッ⁉　今に伝わっているんじゃないのか⁉　残虐非道にて冷酷無比……望むままに殺し続けた悪辣なる《野蛮人》の伝説を……ッ⁉　この男は、お前達が期待しているような男ではないッ！」

リフィスの指摘に、生徒達が息を呑む。

「改めて言っておくが、《野蛮人》の逸話は全て事実だッ！　この男が、かつて血も涙もない、正真正銘の殺戮者であり、掛け値なしの外道だったことは事実なんだッ！　そうだろう⁉　シド！」

「…………」

「〝騎士は真実のみを語る〟んだろう⁉　じゃあ、騎士の誇りにかけて、嘘は吐かないよなぁ⁉　ああ、どうだ、答えてみろよ！」

すると。

「ああ、そうだな。俺は──……」

シドが感情の読めない表情で、何かを言いかけるが。

「関係ないッッッ！」

そんなシドの言葉を、アルヴィンの叫びが遮っていた。

「シド卿は、僕の騎士だッ！　己が臣下を信じぬ主君があるか⁉」

そんなアルヴィンの言葉に応じ、テンコも負けじと声を張り上げる。

「少なくとも、私達がずっと見てきた師匠は、本当に騎士の中の騎士でしたッ！　どんな時でも誇り高く、誰よりも騎士らしく、私達を見守ってくれました……ッ！」

「何が真実かはわからない……でも、僕はシド卿を信じるッ！」

「騎士の……〝その力は善を支える〟！　シド卿は、善だッ！　《三大騎士》だかなんだか知りませんが、私は騎士として誓いをまっとうしますッ！」

揺るぎないアルヴィンやテンコの言葉に、圧倒されるリフィス。

そして──

「シド卿、貴様は私に言ったな⁉　騎士の誇りのなんたるかを教えてやると……ッ！」

ルイーゼが檄を飛ばす。

「まだ、私は、貴様から何も教わってないぞッッッ！」

そんなルイーゼの姿は……万遍なく負傷している生徒達の中でも特に酷い。

両脇にいるヨハンやオリヴィアに肩を貸してもらわなければ、立つことさえままならないほど傷ついている。

「だから、勝てッ！　勝ってくれぇッッッ！」

すると。

シドは、そんなルイーゼの姿を流し見て、何かを察したように、にやりと笑った。

「もう教えることはないさ」

「……え？」

呆けて、目を瞬かせるルイーゼを尻目に。

シドはふらりと、剣に歩み寄って、柄を取り……それを引き抜く。

それを頭上に掲げ、どこか懐かしそうな目で眺める。

「また、お前と共に戦うことになるとは。かつて、俺は、もう二度とお前を振るうまいと誓ったものだが……また、お前と共に戦ってみたくなった。

〝い、いい、信じている〟……そう言われたんだ。ならば、その信に応えるのが騎士だろう？」

と、その時、シドはふと気付く。

剣を握った瞬間、シドのマナが回復していく。

わずかではあるが、剣からマナが流れ込んで来るのだ。

（これは……そうか……）

生徒達が、自分達の妖精剣を通して、この剣に予めマナを込めてくれたのだ。

一人や二人じゃきかない。恐らくは、この場に集うほとんどの生徒達が、この剣にマナを込めてくれたはずだ。

伝説時代の騎士であるリフィスを相手するには、当然、心許ないマナ量だが……

「充分だ。使わせてもらう」

くるっ！　ぱしっ！

シドは器用に柄を回転させ、剣を逆手に握り直す。

「〝騎士は真実のみを語る〟……〝必ず勝つ〟」

そして、そう宣言して。

シドは再び、リフィスに向き直り、深く低く構えるのであった。

そんなシドへ、リフィスが憎々しげに言う。

「なぜだ……なぜ、いつもお前だけが……ッ！　お前だけが評価される⁉　皆から持て囃され、持ち上げられる⁉　支持される⁉

なぜ、僕ばかりが、いつも正当に評価されないッ⁉　なぜだ、なぜッ⁉」

「………………」

奔流のように押し寄せるリフィスの憎悪と憤怒を、シドがさらりと受け流し続けていると。

「く、っふふ……ふふふ、まぁいい……ッ！」

リフィスが剣を構え、闇のマナを壮絶に高めていく。

「雑魚共が必死こいてどこからか持ってきた、その錆びたナマクラがどうした⁉　それが、僕を前に一体、何の役に立つ……ッ⁉」

「…………」

「殺してやるぞ、シド……お前だけは殺してやる……僕の騎士の誇りにかけてッ！」

すると。

不意に、シドがぽつりと口を開いた。

「なぁ、リフィス。もう一度問うぞ。騎士の誇りってなんだ？

俺達の古き騎士の掟に、どうして誇りに関する項目がないのか、わからないのか？

生徒達の姿を見て……まだ、わからないのか？」

硬直するリフィスへ、シドが突きつけるように告げる。

「騎士の〝誇り〟というものは、自分以外の何かのために張るものだ。決して、自分のために張るものじゃない」

「な……」

「そして、騎士は、そういった〝誇り〟を自ら誇らない。……なぜか？

鳥が、空を飛べることを誇るか？
獅子(しし)が、己の強さを誇るか？
騎士は――誇り(あたりまえ)を誇らない」

「な、……な……な……」

「リフィス、お前のそれは〝誇り(プライド)〟じゃない。〝見栄(バニティ)〟っていうんだ」

その言葉のナイフは、リフィスにとっての致命傷だった。

「なぁああああああああああああああああああああ――ッ⁉」

激情し、シドへ向かって呪い殺さんばかりの怨嗟(えんさ)を咆哮(ほうこう)する。

「《野蛮人》がぁああああああああ⁉　わかったような口を利(き)くなぁああああああああああああああああああ――ッ⁉

そんなナマクラを持った程度でぇえええええええええ――ッ！　勝ったつもりかぁあああああああああああああああああ――ッ⁉

もう手加減などしない……ッ！　するものかぁああああ――ッ！　僕の最大最強の妖精魔法……大祈祷(きとう)でケリをつけてやる……ッ！」

吠(ほ)えしきり、リフィスが剣を頭上に掲げ――古妖精語(エスピリッシュ)を叫んだ。

「汝は万理の天秤を支配せし梟(ユ・ア・ワン・コンタイル・パレース)・——……ッ！」

その瞬間。

ばしゃばしゃと、虚空(こくう)から何かが溢(あふ)れかえった。

水だ。まるで墨汁のように真っ黒な水が、間欠泉のように噴き上がり、空間則や物理則を無視して、世界に溜まっていく。

世界が——黒に水没していく。

「——・気まぐれにその羽根を右翼の皿に乗せては(オワウィム・オブ・フェズ・オン・パレット・ラット)・——」

シドの踝(くるぶし)を、膝を、腰を、胸部を……黒い水の水位はどんどん上がっていく。

一方、際限なく脹(ふく)れあがっていく梟(ふくろう)卿の存在感。溢れる闇のマナ。

「——・左翼の皿で全てを押し潰す者なり(クラックス・エヴリン・ワイズ・パレット・レット)ッ！」

やがて——梟卿の祈祷が完成すると同時に、世界は完全に闇色の水によって、水没してしまった。

シドの全身が、梟卿の全身が、闇色の水で浸される。

そこはまるで闇の深海の底の底。

だが、二人の姿が闇の中に消えることなく、まるで闇の中に浮いているようであった。

「ははは……見たか？　これが僕の大祈祷【魔ノ理ノ鳥籠】……ッ！　これが、かつてあの御方に不朽の忠義をもって傅きし僕が手に入れた最強の力だッ！　お前はもう終わりなんだよ、シドォオオオオオ——ッ！」

　勝ち誇ったように、梟卿が宣言する。

「最早、この世界の力の理は、全て僕の手の中に収まった！　この黒い水で満たされた世界の重力を、僕は自在に支配できるッ！

　わかるか、シド⁉　お前はもう、僕の意志一つで、無限の超重力でグシャグシャに押し潰し殺されるのさ……ッ！」

「…………」

「最早、お前に逃げ場はない……ッ！　まさに必中必殺の魔法……ッ！　理解したか、シド……お前と僕の格の差が……ッ！　はははっ……はははははは——ッ⁉」

　勝ち誇ったように高笑いを上げるリフィスに。

「……それがどうした？」

　シドが、どこかつまらなそうに呟く。

「くだらない力に溺れやがって。昔のお前はもっと強かった。お前の凄まじい剣技の冴えの恐ろしさは、こんなつまらない魔法を遥かに超えていたぞ」

「減らず口を……ッ！」

シドを睨むリフィスの目が、ますますつり上がる。

「もうお前の戯言はうんざりだ……ッ！　その口を永遠に塞いでやる……ッ！　死ねぇぇえええええ――ッ！　ブッ潰れろぉおおおおおおおおおお――ッ！」

そして、リフィスが剣を振り下ろした。

途端。

ずん……ッ！

シドを押し潰そうと、世界がシドへ超重力をかけてくる。
シドの自重が瞬時に、何百倍、何千倍、何万倍と指数関数的に脹れあがって――
シドがグシャグシャのぺしゃんこに押し潰されようとしていた――
――その瞬間だった。

「――来いッ！」

そんな宣言と共に、その刹那、凄まじい音と光が周囲に木霊した。

天空から一条の雷光が降り注ぎ、シドが逆手で掲げる剣に落ちたのだ。

眩いばかりの落雷の光芒は、世界を満たしていた闇を、完全に切り裂いて――

ばしゃあ！

闇は呆気なく四散し、世界は瞬時に元通りの姿を取り戻した。

「……は？」

呆気に取られるリフィス。

「………………」

壮絶に光と音を立てて爆ぜる稲妻が漲る剣を、逆手で持ちながら、そんなリフィスを見つめるシド。

「ば、馬鹿な……ぼ、僕の無敵の大祈祷が、こんなにあっさり破られ……？」

「茶番はもう終わりだ、リフィス……行くぞ」

シドが――一条の閃光と化して、リフィスへ向かって駆ける。

「う、うぉおおおおおおおおおお――ッ!?」

咄嗟に、繰り出すリフィスの剣と――

「ふ――ッ！」

激しく音を立てて稲妻が漲るシドの剣が——

真っ向から激突した。

凄まじい剣圧と衝撃波が嵐となって、周囲を渦巻き吹き抜ける。

凄まじい衝撃音。

「な、にぃ……ッ⁉」

リフィスが驚愕する。

大祈祷が破られたとはいえ、リフィスは自身の剣の力を、極限まで〝重く〟している。

無論、シドの攻撃は、逆に極限まで〝軽く〟している。

この時点で、まともな勝負になるはずがないのだ。

なのに——リフィスとシドの剣の威力が、互角だ。

シドはまったく打ち負けておらず、むしろリフィスの身体が、シドの剣圧に押されて、弾かれて、吹き飛ばされそうだ。

「馬鹿な……ッ！　なぜだ、どういうことだ、これは……ッ⁉」

リフィスは必死に剣を切り返し、逆手で剣を振るうシドと何度も何度も打ち合い、シドと剣を合わせながら、リフィスはこの意味不明の現象の正体を考える。

だが、考えるまでもない。

考えられることは、ただ一つだからだ。

シドの剣の一撃は――リフィスの魔法の力を超えて〝重い〟のだ。

「馬鹿な……馬鹿なぁあああ――ッ！　お前……剣を握っただけで、ここまで変わるのか……ッ!?」

刹那に、何十何百と喰らい合う刃と刃。

リフィスの剣とシドの剣が、激しく交差し、交錯する。

衝撃音。衝撃音。衝撃音。衝撃音。衝撃音。

リフィスは剣の魔法の力をさらに高めて、シドを押し返そうとする。

だが――シドに勝てない。シドを押し込めない。競り勝てない。

それどころか……

「なん……だと……剣が……剣がぁ……ッ!?」

剣と剣が真っ向から激突し、打ち合い、大気を震撼させる都度。

シドの剣が――磨かれていく。

悠久の時を経てボロボロに浮いた錆が払われ、激しく傷んだ刀身が鍛え直され、研ぎ澄まされていく。打ち直されていく。

稲妻に包まれたシドの剣が――生まれ変わっていく。再生していく。

みるみるうちに、かつての姿を取り戻していく――

「――〝その黒に輝きし鉄は、天空を飛来する稲妻によってのみ、鍛えられる〟」

「まさか……その剣はぁ……ッ⁉」

リフィスは、シドの生徒達が持って来た剣の正体を悟った。

「畜生ぉおおお⁉　なんて物を……なんて物を持って来やがったんだぁあああああああ――ッ⁉」

駄目だ。

拙い。

あの剣が完全に復活する前に、シドを斃さなければならない。

無我夢中でリフィスは剣を繰り出す。

だが――そのどれもが、シドの剣の復活を促すばかりであった。

やがて――

「あ、ぁあああああ……ッ⁉」

リフィスの前で、シドの剣は、為す術もなく完全復活する。

その剣は――漆黒の刀身を持つ長剣だった。

まるで黒曜石のような輝きを放つ黒剣。

その意匠は飾り気のない無骨なものだが——どこか美しさをも感じる。

特に剣銘はない。

だが、それは、紛れもなく、かつて《野蛮人》シド＝ブリーツェが振るったという、黒曜鉄の剣であった。

「だからなんだっていうんだぁあああああああああああああああああああああああああああああああああああ——ッ！」

それは意地か。あるいは、彼が言う誇りの為せる業か。

この土壇場で、リフィスの闇のマナ圧が、今までとは比較にならないほどに脹れあがった。

リフィスの剣の力を操作する魔法の出力が、突然、増す。

リフィスの剣の威力が凄まじく〝重く〟なり、シドの剣の威力が極限まで〝軽く〟なり——

ガキィイイイイインッ！

リフィスの剣が、その威力でシドを盛大にノックバックさせる。

「——ッ⁉」

シドは足の裏で、そのまま地面を十数メトルほど削りながら後退するのであった。

「僕の剣は無敵なんだ……ッ！　お前の剣にどれほどの威力があろうが、〝軽く〟してしまえば、問題ないッ！　極限まで0に近くしてしまえば何も問題ないんだッ！　お前は……僕には、決して勝てないんだよぉ!?」

この土壇場で、さらなる力の解放、さらなる高みへと至ったリフィス。

確かに、彼我の戦力差は再び逆転したかのように思えたが――

「無駄だ。お前の負けだ、リフィス」

シドは生まれ変わった剣を逆手で持ったまま、深く低く構えた。

そんな全てを悟ったようなシドの立ち居振る舞いは、どこまでもどこまでも、リフィスの神経を逆なでにする。

もう、我慢ならなかった。

「うるさいっ！　僕の方が……お前より強いんだぁああああああああああああああああああああああああああああああ――ッ！」

リフィスは、駄々っ子のように吠えて。

剣を振り上げ――シドへ突進した。

全身全霊のマナを燃やし上げた、これまでのリフィスの中でも最速の、そして、剣の力を全開にした最大最強の一撃を仕掛ける――

「…………」

そんなリフィスの攻撃を、シドは悠然と見据えた。

極限までの集中が演出する、時が緩慢に流れているような空間の中で。

凄まじき速度で迫り来るリフィスを——ただ、見据える。

（……友よ）

その刹那。

シドは、脳裏に伝説時代の風景を垣間見る。

（自ら望んで暗黒騎士として生まれ変わったお前は……俺の血の力でも救えない）

シドが刹那の間に見た、その風景の中には。

敬愛する主君、アルスルがいて。

三人の騎士——リフィス＝オルトール、ローガス＝デュランデ、ルーク＝アンサローがいて。

そして、当然、自分もそこにいて——

常に、共に、どこまでもどこまでも、皆で戦場を駆け抜けた——そんな日々の風景。

痛みも、喜びも、哀しみも、何もかも熱かった、あの懐かしい青春の日々。

だが。

それはもう遠い昔、戻らない日々。

——ゆえに。

（さらば）

決別の言葉を胸に、シドが駆けた。

「——【天曲】」

落雷音。激しく明滅する視界。

シドが大地に引いた一本の雷の線。

それに沿って、シドは雷速で世界を駆け抜け——

リフィスの胴に引いた雷の線に沿って、雷速の剣を入れる。

全身全霊の力を込めて、逆手で剣を振り抜き——リフィスとすれ違う。

雷速に乗せた雷速——すなわち、神速。

「か、は——ッ！」

瞬時に、上下に胴斬りに分かたれるリフィスの身体。
どれほど軽くなっても、カミソリの鋭さは健在なように。
シドの【天曲】は、その超絶的な速度と鋭さのみで、リフィスを両断したのであった。
勝負は決した。
闇のマナ粒子と砕けて、跡形もなく消滅していくリフィスを背に。
剣を振り抜いた姿で残心するシドが、ぼそりと手向けの言葉を捧ぐ。
こうして、道を違えることにはなってしまったけど。
かつて、同じ王を主君と仰いだ、戦友へ。
己が背後で、消え逝く友へ。
ただ、静かに哀悼を捧ぐ。
「この現世は揺り籠。
万物を廻るマナの遥かなる旅路の中、死は終わりではなく、始まりである。
……眠れ、安らかに」
こうして──

合宿で起きた騒動は、幕を下ろす。

稲妻に切り裂かれた濃霧が、その一時、その一帯から晴れて。

ちょうど、そこへ夜明けを告げる朝陽（あさひ）の光が眩（まばゆ）く差し込むのであった——

終章　新たなる出発

時は流れ――

「「「うぉおおおおおおおおおおおおおお――――ッ！」」」

本日も本日とて、教練場に、鎧を着て走る生徒達の姿があった。

最早、今となってはそれは定番の光景だ。

だが、走っているのはブリーツェ学級の生徒達だけではない。

ヨハンやオリヴィアなど、他の学級の生徒達の姿もあった。

今回の一件で、さすがにウィルという技の重要性に気付いた各学級の教官騎士達は、ウィル修得を希望する生徒に対しては、指導をしてくれとシドに頭を下げたのだ。

その代わり、ブリーツェ学級の各色の妖精魔法の指導に関しては、各教官達も融通を利かせて指導する、とも。

当然、シドは二つ返事でそれを受けた。

まだまだ、己の見栄を捨てきれずブリーツェ学級を見下す生徒や教官達は多くいる。

特に、シドとは関係が遠い上級生やその教官達は、その傾向が顕著だ。

が、そうでない生徒達も着実に増え始めている……

「ぜはーっ！　ぜはぁーッ！　げほごほっ！」

「る、ルイーゼ……無理はしちゃ駄目だよ……まぁ、元々無理な訓練だけど」

アルヴィンが振り返りながら、後ろからついてくるルイーゼを見る。

「う、うるさいっ！　やっとげほっ！　お前達のペースにげほっごほっ！　ついていけるように……ふぅぐっ、なったのだ……ッ！　もっと……」

「ご、強情な人ですねぇ」

呆れるテンコ。

「ま、俺達も、うかうかしてられねぇってことだな」

「まったくですわ」

苦笑するクリストファーに、エレイン。

「ふん……まぁ、好きにすればいいさ」

「ででも、走り込み仲間が増えてよかったですねっ！」

興味なさそうに鼻を鳴らすセオドールに、嬉しそうなリネット。

「う、うるさいっ！　余裕ぶっていられるのも今の内だ！　今に見てろ！　貴様達のような低剣格の雑魚など、すぐに追い越してやるからなッ！」

「ふん、望む所です、負けませんからねッ！」

「あはは……」

テンコが挑発を受けて立ち、アルヴィンが苦笑いして。

「…………」

そんな光景を──シドは眺めている。

「……少しずつ、変わって来たかな？　この学校の騎士達も」

そんなことをぼやきつつ、ちらりと腰に目を落とす。

そこには、一振りの剣が吊ってある。

あの妖精界で手に入れた、黒曜鉄の剣だ。

そして、その剣が呼び起こす記憶に、シドはしばし思いを馳せる──

〜〜〜。

「シド卿、本当に剣を捨ててしまうのかい？」

とある山の山頂、《剣の湖》の源泉にて。

そこにあるとある岩に、一振りの剣を突き立てた時。

我が永世の主君にて友——アルスルはそう残念そうに言った。

「それはひょっとして僕のせいかい？　僕が君の双剣の片方を折ったから……僕が《双剣の騎士》としての君を、殺してしまったからかい？　君は妖精剣を持ってない……君にとってその双剣は、何よりも大切なものだったのに……僕は……」

「それは違うな」

俺は即答した。

「お前が殺したのは、《双剣の騎士》としての俺じゃない。《野蛮人》だ」

「シド卿……」

「確かに、この剣は俺にとって大事な剣だ。俺の手は血塗られている。ゆえに、あらゆる妖精剣を恐怖させ、拒絶させる。そんな俺にとって、この剣が戦士としての生命線だということに間違いはない。だが……もう俺はこの剣を振るわない」

「…………」

押し黙るアルスルに、俺は言葉を続ける。

「これからは、俺自身が剣だ。その方が、命の重さを感じられる。剣を振るう意味を忘れずにいられる。

俺の心の中のどこかに、まだ悪鬼は潜んでいる。

だが……俺はもう間違えない。悪鬼には、二度と戻らない」

「そうか……それが君の覚悟か」

「ああ。ありがとうな、アルスル。お前のおかげで今の俺がある。この無駄に強い力を振るう意味を、俺にくれたことを感謝する。

過去は決して消せないが……俺は、お前とこの国の未来のために戦うことを誓おう」

そう言って。

俺は、その場を後にしようと踵（きびす）を返す。

そんな俺に、アルスルは言った。

「じゃあ、皆にはこう言っておいてよ。〝俺の剣は悪戯妖精（グレムリン）に盗まれた〟ってさ」

「悪戯妖精（グレムリン）？　なぜだ？」

「ああ。悪戯妖精(グレムリン)は、人の大事なものを勝手に盗んでいってしまう困った妖精だけど。でも、いつか必ず飽きて返しに来てくれるだろう？」

「…………」

「もし、いつか。皆が心から、騎士としての君を信じ、君も君自身を信じられる……そんな時が来たら。その時は、再びその剣を取ってくれないかな？

やっぱり、剣を振るう君は、惚(ほ)れ惚(ぼ)れするほど強く、そして格好良いから」

「…………」

「大丈夫。その時は、君は……もう二度と悪鬼にはならない。僕が保証するよ」

「……考えておこう」

～～～。

「救いようのない悪鬼だった俺ですら変われるんだ。無限の可能性を秘めた生徒達が変われない道理はない」

そんなことを言って。

シドはその場に横になり、足を組んでリンゴをかじり始めるのであった。

――――。

そして、季節は巡る――

アルヴィン達一年従騎士（ファースト・スクワイア）の全課程は修了する。

アルヴィン達の二年従騎士（セカンド・スクワイア）への昇格。

そして、新しい一年従騎士（ファースト・スクワイア）達の入学。

キャルバニア王立妖精騎士学校は新しい風を迎え、シドと騎士の卵達の新たなる出発が、

今、始まろうとしていた――

あとがき

こんにちは、羊太郎です。

今回、『古き掟の魔法騎士』第3巻、無事に刊行の運びとなりました！　編集並びに、出版関係の方々、読者の皆様、どうもありがとうございます！

さて、この話も少しずつ進行してまいりました。今回の話は、騎士の誇りについての話です。

騎士とは、ただの職業軍人とは違います。主君のため、民のために命を賭ける存在であり、万人の憧れであり、同時にヒーローたる存在なのです。

そんな騎士達は、一般的には、名誉と主君への忠誠心を何よりも尊び、自身の誇りにする存在……そんなイメージでしょう。誇りとは、騎士にとって命も同然なのです。

ですが、この物語の主人公シドの語る『古き騎士の掟』には、なんと『騎士の誇り』に関する項目がありません。騎士にとって一番大切なもののはずなのに……一体、なぜでしょうか？

今回も、シドがガツンとその答えを背中で示してくれます！　騎士の誇りとはなんなのか？　是非、その目でご確認ください！

登場人物も色々と増えてきて、これからますます物語を盛り上げていきますので、温かい目で見守っていただければと思います。

しかし、シドって相変わらず強いなぁ～。なんていうか、こいつがいれば大丈夫だろ的な安心感が凄(すご)い。むしろ、こいつと相対させられる敵の方が可哀想(かわいそう)。たまにはこういう主人公も書いてて楽しいものです。さて、次はどんな活躍をさせようかな？　アイデアは色々あるので、今後もシドの活躍にご期待ください！

また、僕は近況・生存報告などをtwitterでやっていますので、応援メッセージや作品感想など頂けると、単純な羊は大喜びで頑張ります。ユーザー名は『@Taro_hituji』です。

というわけで、どうかこれからもよろしくお願いします！

羊太郎

古き掟の魔法騎士Ⅲ

令和３年10月20日　初版発行

著者――羊　太郎

発行者――青柳昌行

発　行――株式会社KADOKAWA
〒102-8177
東京都千代田区富士見2-13-3
0570-002-301（ナビダイヤル）

印刷所――株式会社暁印刷

製本所――本間製本株式会社

ISBN978-4-04-074292-2 C0193　◇◇◇